Die - Märchen - Omi
aus der
Müller-Märchenstube erzählt:

WEIHNACHTEN mit Lichterglanz und Sternengold

Irmgard Edith Müller

Lieder: Irmgard und Kurt Müller

Irmgard Müller Verlag
Berlin

www.maerchenomi-berlin.de
mail: info@maerchenomi-berlin.de
Fax: 03212 6014822

Herstellung: Books on Demand GmbH, Norderstedt
Fax: 040-534335 84

ISBN: 978 3-930768-69-1

Die Weihe-Nacht, wem ist sie geweiht,
dem Frühling, dem Sommer, dem Winter,
wenn's schneit?
Dem rotgelben Voll-Mond, der Sternenschar,
den goldenen Locken, dem weißen Haar?

Ich denke, ich habe die Lösung parat,
es ist der Mann mit dem schneeweißen Bart!
Er kommt für uns alle im rechten Moment,
Voraussetzung ist, dass ihn keiner verpennt!
Er nimmt uns die Sorgen, glättet die Stirn
und schafft sogar Ordnung in unsrem Gehirn!
Er ist nämlich keine Märchengestalt,
es gibt ihn wirklich, das weiß Jung und Alt!
Wer es nicht glaubt, der schaue sich um,
zur Weihnachtszeit läuft er fast überall rum!
Doch ist es der echte, der liebe, der Gute?
Holt er nicht heraus für Dich seine Rute?
O nein, das ist dann niemals der echte,
der hilfsbereite, der liebe, der rechte!
Der Weihnachtsmann wird die Wahrheit sagen
Du darfst ihn getrost danach befragen!
Wenn Du nicht glaubst schau ins Buch hinein
dann wirst bestimmt überzeugt Du sein!
Es gibt ihn wirklich den Weihnachtsmann,
Du wirst es erleben fang zu Lesen schnell an!

Es war einmal,

so fingen Märchen an

in meiner Kinderzeit,

sie liegt so weit.......

Es war einmal,

so klingt es auch noch heut

grad' wie in alter Zeit:

Es war einmal.......

Oliver
der kleine Weihnachts-Wichtel

Es war einmal an einem Vormittag von einem Weihnachts-Abend, also an einem 24. Dezember!
Dicke Schneeflocken fielen auf die Erde und Olivers Omi lief die Straße entlang, um schnell noch ein paar Besorgungen zu machen.
Da, auf einmal entdeckte sie, gar nicht weit entfernt in einem Vorgarten, eine knallrote Zipfel-Mütze, die sich recht schnell zwischen den mit reichlich Schnee bedeckten Sträuchern hin und her bewegte.
Sie hielt den Atem an und schlich auf Zehen-Spitzen zu den Büschen, um zu schauen, wer sich dort versteckt hatte.
Olivers Omi glaubte ihren Augen nicht zu trauen, denn vor ihr stand, in weiche Schneeflocken gehüllt, ein lebendiger Weihnachts-Wichtel.
Auf seinem blonden Lockenkopf trug er eine rote Zipfelmütze, eine mit weißer Borte verzierte rote Weihnachts-Jacke wärmte den kleinen Wicht und wetterfeste Winterstiefel schützten ihn vor dem feuchten frisch gefallenen Schnee.

An einer Gold-Kette um den Hals war ein Weihnachtsglöckchen befestigt, das bei jedem Schritt leise und melodisch klingelte und neben ihm stand ein Schlitten auf dem sich ein recht großer Korb befand, der bis oben hin mit bunten Weihnachts-Päckchen gefüllt war.

Als der kleine Wicht seine Omi entdeckte, schaute er ängstlich zu ihr hinüber, ging ein paar Schritte auf sie zu und flüsterte in beschwörendem Ton:
„Du darfst mich auf keinen Fall verraten, verstehst Du? Ich helfe nämlich dem Weihnachtsmann beim Geschenke austragen weil er doch immer am Weihnachts-Abend so viel zu erledigen hat.
Er wird sich doch bestimmt freuen, wenn er auch einmal ein Geschenk von mir bekommt, oder?
Ich sehe doch fast genau so aus, wie der echte Weihnachtsmann und es wird doch wohl keiner bemerken, dass ich nur seine Aushilfe bin?“

„Ja sicher“ lachte die Omi.
„Du siehst ihm wirklich sehr ähnlich, nur mit der Größe stimmt etwas nicht.
Wie wäre es denn, wenn Du Dich als Weihnachts-Wichtel ausgibst?

Das glaubt Dir bestimmt jeder und es ist doch bekannt, dass die Wichtel in der Weihnachtszeit dem Weihnachtsmann behilflich sind!"

„In Ordnung" gab der kleine Mann zur Antwort.
„Das leuchtet mir ein, aber wie sieht es mit Dir aus, hast Du ein wenig Zeit und kannst für mich das Christkind spielen?"

„Ich glaube, das geht nicht" stammelte seine Omi ein wenig verwirrt.
„Schau mich doch einmal richtig an, ich sehe ganz gewiss nicht wie ein Christkind aus!
Ich trage kein weißes Kleid, habe keine goldenen Flügel und keine blonden Locken, also bin ich für diese Rolle überhaupt nicht geeignet" erklärte sie ihm lächelnd.

„Das ist doch Unsinn" protestierte energisch der kleine Weihnachts-Wichtel.
„Zum Helfen trägt das Christkind ganz bestimmt kein Engelsgewand sondern Arbeitsklamotten.
Das Wichtigste ist nämlich das gute Herz und nicht das Aussehen!
Mach Dir also keine Sorgen, Du bist schon in Ordnung, das weiß ich!"

„Da bin ich aber sehr erleichtert“ freute sich die Omi und zog den Schlitten, der für den kleinen Wicht viel zu schwer war.
„Und, was darf ich noch für Dich tun“ fragte sie ihn dann gespannt.

„Du könntest für mich an der Haustür klingeln, denn die Klingelknöpfe sind viel zu hoch, da komme ich ohne Deine Hilfe kaum ran.
Übrigens: Ich bin doch Dein kleiner Glückspilz! Sind wir jetzt Partner, Omi?“

„Ja natürlich, das sind wir“ nickte seine Omi zustimmend und schellte an der nächsten Haustür. Ein älterer Herr öffnete und sie staunte nicht schlecht, als Oliver ein kurzes Gedicht aufsagte:

„Aus dem Weihnachts-Walde komm ich her
und hab Geschenke, die recht schwer.
Drum nimm mir bitte eines ab,
damit ich’s etwas leichter hab!“

Mit diesen Worten überreichte er dem erstaunten und sehr verblüfften Hausbewohner ein dekorativ verpacktes und mit einer himmelblauen Schleife verziertes Päckchen aus seinem Korb.

„Woher kennst Du denn dieses schöne Gedicht? Und wie viele Geschenke müssen wir noch verteilen“ fragte die Omi ihr Enkelkind, als sie bei dem nächsten Nachbarn für ihn klingelte.
„Ich habe nämlich nur bis Mittag Zeit, schaffen wir das überhaupt?“

„Den Vers habe ich mir selbst ausgedacht!
Na ja, bis auf die erste Zeile, die habe ich von meiner Mami gelernt! Das ganze Gedicht war aber viel zu lang, ich hätte viel zu viel Zeit zum Aufsagen benötigt daher habe ich es einfach verkürzt! Der Rest ist aber ganz alleine von mir! Wenn wir uns ab jetzt ganz doll beeilen, sind wir ganz bestimmt pünktlich um 12.oo Uhr fertig, dann kommt nämlich Mami wieder nach Hause. Vorher muss ich mich aber noch umziehen, damit sie nichts bemerkt“ verriet Oliver nun aufgeregt.

„Moment Mal, weiß Deine Mutti etwa nicht, dass Du dem Weihnachtsmann hilfst und für ihn die Päckchen austrägst“ fragte seine Omi verwundert.

„Nein, natürlich nicht, das war doch ganz alleine meine Idee, denn der Weihnachtsmann kommt immer viel zu spät zu unserer Bescherung!

Darum bin ich ihm doch behilflich, damit es diesmal schneller klappt.
Er bringt uns die Geschenke übrigens auch immer in einem Korb, der fast genau so ausschaut wie dieser hier“ erklärte Oliver.
Dabei strahlte er seine Omi mit großen, blauen Augen glücklich und zufrieden an.

Jetzt wurde seine Omi aber schneeweiß vor Schreck, kniete sich zu Oliver in den weichen, frisch gefallenen Schnee, strich ihm zärtlich über die heißen Wangen und flüsterte:
„Hör mal, Du lieber, kleiner Weihnachts-Wichtel, was hältst Du davon, wenn wir erst einmal dort drüben in der gemütlichen Café-Stube eine heiße Schokolade trinken?
Wir haben nämlich nur noch eine halbe Stunde Zeit und wir müssen uns fix etwas überlegen, wie wir die Päckchen schneller verteilen.

Das Beste ist wirklich, wenn ich alleine weiter mache und die Geschenke einfach in die Brief-Kästen werfe oder vor die Haustür stelle.
Das ist bestimmt lustig, denn jeder denkt der Weihnachtsmann hat sich etwas Neues ausgedacht und spielt in diesem Jahr einen Postboten.

Also, was hältst Du von meinem Vorschlag?“

„Nicht viel“ brummte Oliver, aber nach dem zweiten Becher voll heißer Schokolade sah schon alles ganz anders aus.
Als seine Omi ihm dann noch eine große Tüte, prall gefüllt mit Lebkuchen und Marzipankeksen in den Arm legte, war er einverstanden.
Er gab ihr seinen Hausschlüssel und sie brachte ihn schnell nach Hause.
Rasch zog die Omi ihn im Hausflur noch um und brachte die Weihnachts-Jacke sowie die Zipfel-Mütze wieder in den Keller.
Den Korb mit den Geschenken stellte sie ebenfalls dazu und verriet Oliver natürlich mit keinem Wort dass sie gerade gemeinsam einen Teil seiner eigenen Weihnachts-Geschenke in der näheren Nachbarschaft verteilt hatten.
Er war viel zu aufgeregt, sonst hätte er ganz sicher an einigen Geschenk-Anhängern seinen eigenen Namen entdeckt.
Ja, und seiner Omi war dies auch entgangen, denn sie hatte sich zu sehr darüber gefreut, einmal als Christkind Geschenke austragen zu dürfen, dass sie alles andere darüber total vergessen hatte.

Ein Glück nur, dass es ihr noch in allerletzter Minute aufgefallen war, denn noch konnte sie den Schaden wieder gut machen. Sie verriet Oliver daher nichts sondern drückte ihm schnell noch ein Küsschen auf die Stirn und lief dann eilig davon, um alle Päckchen wieder einzusammeln.
Das klappte auch sehr gut, denn die Beschenkten hatten bereits den Namen von Oliver an den Geschenkanhängern entdeckt und da sie ihn und auch seine Omi gut kannten, gab es natürlich überhaupt keine Probleme.
Sie brachte die frisch eingesammelten Präsente daher wieder unbemerkt zurück, legte sie in den Korb im Keller und war überglücklich dass dies Abenteuer noch einmal gut ausgegangen war.

Als sie am frühen Abend mit ihren Gaben zur Weihnachtsfeier kam und „Fröhliche Weihnacht“ wünschte war Oliver vollkommen glücklich und unbekümmert.
Er erzählte aufgeregt, dass der Weihnachts-Mann schon da gewesen war und ihm etliche Geschenke gebracht hatte von denen einige komischerweise fast genau mit dem gleichen Weihnachtspapier eingepackt waren, wie die Überraschungen, die er am Vormittag verteilt hatte.

Olivers Omi fiel natürlich ein riesengroßer Stein vom Herzen dass ihr Enkelkind nichts bemerkt hatte und feierte mit der Familie zufrieden völlig entspannt und glücklich das Weihnachtsfest!

Christmas

Julchen
die kleine Weihnachtsmaus

Es war einmal kurz vor Weihnachten, als Vater Mauseschwanz recht besorgt über die völlig leer gefegten Felder und den trostlosen äußerst düster bewölkten Himmel schaute.
Immer nur Regen, Wind oder gar Sturm, das war in der Tat ein sehr ungemütliches, ungesundes und nasskaltes Winterwetter!

Schon über eine Woche saß seine Familie im Mauseloch und war einfach durch gar nichts zu bewegen einmal herauszukommen und mit ihm ein Stück spazieren zu gehen.

„Da holen wir uns ja einen Schnupfen oder sogar eine Grippe“ maulten sie.
„Nein, wir bleiben lieber zu Hause und spielen:

Strohhalm-Mikado,
Maus ärger Dich nicht,
Fang die Katz, Erdklümpchenwerfen
oder Schwänzchen aneinander fest binden!

Ja, im Sommer da brauchte Vater Mauseschwanz nicht zweimal zu rufen da kamen sie sofort aus ihrem Bau gestürzt um zu schauen, was los war. Sie wollten nicht einmal zum Schlafen in ihre unterirdische Wohnung kriechen weil sie in der Zwischenzeit etwas Abenteuerliches oder auch Spannendes verpassen könnten.

Die kleinen Mäuschen vergnügten sich dann im warmen Sonnenschein fast den lieben langen Tag mit eilig herumkriechenden und den Erdboden lockernden Regenwürmern sowie mit den fleißig Netze bauenden Spinnen oder den gemütlich dahin spazierenden Schnecken.
Auch vorbei flatternde Fliegen, Schmetterlinge, Marienkäfer sowie Honig sammelnde Bienen und Hummeln interessierten sie, denn alle waren gute Freunde und lebten glücklich und zufrieden im Schutze des großen goldgelben Getreidefeldes.

Nun aber war es Winter geworden, alles war leer, nackt und kahl und die lustigen Spielkameraden waren verschwunden.

Nur Herr und Frau Spatz kamen manchmal noch zu einem vertrauten Klönschnack vorbei.

Sie erzählten unglaubliche Geschichten von dem schnuckeligen kleinen Ort „Sternau“ der gleich hinter dem riesengroßen Kornfeld lag.

„Dort leben die meisten Feldbewohner schon eine ganze Weile in einer Scheune wie im Paradies“ schilpte aufgeregt Herr Spatz und seine Frau Gemahlin piepste zustimmend:
„Ja, und es gibt dort so viele Körner zu picken, dass ich schon mindestens ein halbes Gramm zugenommen habe.
Sie befinden sich in großen Säcken, die nicht zugebunden sind und sehr viele liegen sogar auf dem Boden herum, es gibt also mehr als genug für uns alle zum Futtern, wir können es überhaupt nicht schaffen.“

„Und warm ist es und lustig“ übernahm wieder Herr Spatz das Wort.
„Ihr könnt Euch überhaupt nicht vorstellen, wie viele bekannte Gesichter Euch dort begrüßen werden! Etliche Feldbewohner sind nämlich bereits schon vor einigen Wochen ausgewandert und haben in der warmen Scheune ihr bequemes Winter-Quartier aufgeschlagen.
Warum überlegt Ihr nur so lange?

Beeilt Euch, sonst sind die besten Plätze weg und Ihr müsst jämmerlich hier draußen in der Kälte hungern und frieren!
Kommt mit mir, ich fliege vor Euch her und zeige Euch den Weg in das gelobte Land!“

„Aber es gibt dort 3 Katzen und einen Hund“ piepte ängstlich Mutter Mauseschwanz.
„Das hat uns der Wind erzählt, der die Katzen oft neckt und ihnen die Luft durch das Fell bläst.“

„Ach dummes Zeug, die sind doch vollkommen ungefährlich“ belehrte Frau Spatz.
„Katja, Tanja und Pascha fressen jetzt immer so neumodisches Zeug aus der Dose, ich glaube, es heißt „Fit-Katz“ oder so ähnlich und rühren keine Mäuse oder Spatzen mehr an.
Los, macht Euch endlich startbereit, sonst sind alle Wege zugeschneit und für Eure kleinen Füße unbegehbar.“

Vater Mauseschwanz debattierte drei volle Tage mit seiner Familie über alle **„wenn“** und **„aber,“** dann siegte **aber** endlich doch die Vernunft und sie machten sich gemeinsam auf den Weg in das äußerst verlockende Winterquartier.

Hansi-Spatz flog mit seiner Frau Gemahlin vorne weg und erklärte mit riesengroßem Gezeter und Geschrei den Weg.
Es war tatsächlich höchste Zeit, denn die Erde war eiskalt und bereits hart gefroren, so dass Familie Mauseschwanz tatsächlich bläulich angelaufene Eis-Beine bekam. Außerdem waren Ihre Nasen-Spitzen auch noch leuchtend rot gefroren und sie bibberten und zitterten ganz entsetzlich, als sie endlich die heiß begehrte Scheune erreichten.

Alles war tatsächlich so, wie Hansi-Spatz und seine Frau Gemahlin es beschrieben hatten.

Familie Mauseschwanz wurde mit großem Hallo begrüßt und die Spinne Fliegenschreck ließ sich an einem langen, silbernen Faden von einem Balken herunter, um allen höchstpersönlich die Beine zu schütteln.
„Ein Glück, dass Ihr endlich gekommen seid“ rief sie eilfertig.
„Es gibt hier nämlich nur noch eine einzige freie Mäusewohnung!
Ich habe sie Tag und Nacht für Euch bewacht und viele Spinnengewebe vor das Mauseloch gezogen, damit sie auf keinen Fall jemand bemerkt!

Nun kann ich sie aber wieder wegwischen“ lachte sie, ergriff blitzschnell das Schwänzchen von Julchen - dem jüngsten Kind der Familie Mause-Schwanz - und wedelte damit alles sauber.

Ein geräumiges, gut eingerichtetes Mäusequartier kam zum Vorschein und Hansi-Spatz frohlockte:
„Das nenne ich wirklich Glück!
Ihr bekommt eine voll möblierte Altbauwohnung und erspart Euch dadurch eine Menge Arbeit.

Ruht Euch jetzt aber erst einmal richtig von den überstandenen Strapazen aus, heute Abend feiern wir dann ganz groß Euren Einzug mit Mäusewein Weizenkörnern und noch sehr vielen anderen, für Euch noch unbekannten Leckerbissen.
Hier gibt es ja genug, es herrscht ein Angebot wie im Supermarkt.
Wir werden schnell etwas einsammeln und alles zum Fest herrichten!“

Familie Mauseschwanz fiel sofort in einen tiefen, festen Schlaf.

Nur Julchen hielt es in ihrem Bettchen nicht aus und ging auf Entdeckungsreise.

Sie beschnüffelte und betastete alle Ecken und Wände, entdeckte dabei einen Gang und kroch neugierig hinein.

Es war dunkel und kalt und Julchen bekam vor Angst eine Gänsehaut.

Plötzlich sah sie einen Lichtschein und bemerkte, dass der Gang in einem Mauseloch endete.
Julchen steckte den Kopf durch die Öffnung und blinzelte erstaunt in das ungewohnte Licht.
Sie beugte sich wissbegierig immer weiter nach vorne, verlor das Gleichgewicht und fiel direkt auf einen spiegelglatten Steinboden.

Julchen war so erschrocken, dass sie verzweifelt laut piepste und sich wild im Kreise herumdrehte.
Das hätte sie besser nicht getan, denn nun wurde sie von Oliver und seiner Mutti entdeckt, die gerade Weihnachts-Plätzchen backen wollten.
Der Tunnelgang, den Julchen ausfindig gemacht hatte, führte nämlich direkt in die Küche des angrenzenden Wohnhauses.

Eine mit Mehl gefüllte große Schüssel stand schon auf dem Küchentisch.

Die Mutter wollte gerade den Mixer aus dem Küchenschrank holen als Julchen vor ihren Füßen den total verrückten Mäusetanz aufführte.
„Wen haben wir denn hier“ lachte sie.
„Schau nur Olli, eine kleine Maus ist zu Besuch gekommen, sicherlich will sie auch ein wenig vom Kuchenteig naschen genau wie Du!“

Sie hob Julchen hoch und streichelte ihr ganz sanft und liebevoll das Köpfchen.
Julchen zappelte aber voller Angst so heftig, dass sie aus der schützenden Hand in die voll gefüllte Mehl-Schüssel fiel.

Das hättet Ihr sehen müssen!

Oliver und seine Mutti mussten so laut lachen, dass Tapsi, Olivers etwas zu rundlich geratener Langhaar-Dackel, lautstark kläffend angesprungen kam, um zu sehen, was geschehen war.

Er drehte aufgeregt eine Runde um den Küchen-Tisch, konnte aber nichts entdecken.
„Albernes Volk“ knurrte er daher ärgerlich.
„Unerhört, mich so völlig grundlos aus meinem erholsamen Nachmittagsschlaf zu wecken!“

Als er jedoch auch nach sorgfältiger Prüfung aller Ecken nichts Bemerkenswertes gefunden hatte, schob er enttäuscht wieder ab und machte es sich erneut auf dem weichen Sofakissen im Wohn-Zimmer bequem und gemütlich.

Julchen zappelte, nieste, prustete und war äußerst dankbar, als sie endlich an ihrem langen, dünnen Mauseschwänzchen aus dem Mehl gezogen und auf den Küchentisch gesetzt wurde.

„O Mutti“ rief Oliver glücklich:

„Das ist ja eine bezaubernde süße, kleine Weihnachts-Maus!

Sieh nur, sie schaut tatsächlich so aus, als ob sie durch dicken Weihnachts-Schnee gelaufen wäre! Aber sie zittert ja jämmerlich, sicherlich hat sie mächtige Angst vor uns.“

Oliver hielt dem Mäuschen als Zeichen seiner Zuneigung ganz vorsichtig den kleinen Finger hin und Julchen schnupperte tatsächlich daran und beleckte ihn hauchzart mit ihrem rosa Zünglein.

Danach wurde das Mäuschen wieder ruhig und fing an, sich mit den Vorder-Pfötchen das Mehl aus den Augen zu wischen sowie sich gründlich zu säubern und zu putzen. O, das sah lustig aus!

Oliver war sich nun ganz sicher, dass er das süße, kleine Mäuschen wieder laufen lassen würde.
Ein flehender Blick zur Mutti ob sie wohl auch so dachte wie er?
Ja natürlich, sie holte sogar ein kleines Stückchen Käse aus dem Kühlschrank, legte es vorsichtig vor das Mauseloch und setzte Julchen auf die Erde.
Schwupp, war sie in der Öffnung verschwunden und ein paar Sekunden später auch die Leckerei.

Das war eine Aufregung!
Julchen weckte sofort ihre Familie und erzählte aufgeregt das glücklich überstandene Abenteuer.

Auch Oliver erzählte am nächsten Morgen in der Schule die lustige Geschichte mit dem ins Mehl gefallenen kleinen Mäuschen.
Natürlich kamen alle Kinder aus seiner Schul-Klasse zu ihm nach Hause, um sich die süße, kleine Weihnachtsmaus anzuschauen.
Julchen ließ sich aber nicht mehr blicken!

Der Schreck war ihr so in die Beine gefahren, dass sie eine Woche lang nicht richtig laufen konnte und sich daher nicht mehr in den langen, dunklen Gang traute.

Eines Tages aber läuteten die Kirchenglocken, obwohl es gar nicht Sonntag war und bei Familie Mauseschwanz und den Scheunenbewohnern war irgendwie alles völlig anders als sonst.

Julchen hörte auch immer wieder das Wort Weihnachten, konnte aber nicht viel mit dem Begriff anfangen, da sie zu jung war und noch kein Weihnachtsfest erlebt hatte.

Sie erinnerte sich aber an das Abenteuer vor einigen Tagen, an die Schüssel mit Mehl sowie an Oliver und die Menschen-Mutter, die beide so lieb zu ihr waren.
Ob dies etwas mit Weihnachten zu tun hatte?

Ganz vorsichtig steckte Julchen ihr Köpfchen noch einmal in den unheimlichen dunklen Gang und schnupperte.
Es roch ganz doll nach etwas sehr Aufregendem und Julchen folgte dem unbekannten Duft.

Dann sah sie etwas glitzern und eine vertraute, liebe, zärtliche Stimme lockte:

„Mäuschen, Mäuschen,
komm heraus aus dem Häuschen!“

Das war Oliver!
Julchen erkannte sofort seine Stimme und ihr wurde sehr warm um ihr kleines Mause-Herz.

Und gut roch es!
Julchen zitterte vor Erwartung, Spannung, Glück und Hoffnung.
Wissbegierig steckte sie ihr Köpfchen aus dem Mauseloch und wollte ihren Augen nicht trauen!
Oliver lag auf dem Fußboden und zerbröckelte köstlich duftende Weihnachts-Kekse.
Ein hoher Berg Kuchenbrösel lag schon vor ihm und daneben ein Tannenzweig mit einer hell leuchtenden Kerze.
Oliver lächelte Julchen lieb an und flüsterte:

„Fröhliche Weihnachten!

Hier sind sehr leckere Krümel für Dich, Deine Familie und all Deine Freunde.

Sie schmecken in diesem Jahr besonders gut, weil die Kekse aus dem Mehl gebacken wurden, in das Du vor ein paar Tagen hineingefallen bist.

Wir haben sie daher auch **„Mause-Öhrchen“** genannt, sie schauen nämlich genauso aus, wie Deine kleinen, süßen Öhrchen.
Ich soll Dir übrigens noch von meiner Mami bestellen, dass Du mit Deiner Familie und Deinen Freunden in Zukunft ohne Angst in unserer gemütlichen Scheune wohnen kannst!
Ich darf Dir sogar jeden Tag etwas Leckeres vor das Mauseloch legen, und zwar so lange, bis es warm wird und Ihr alle wieder auf das Feld ziehen könnt. Das habe ich mir noch als zusätzliches Geschenk zu Weihnachten gewünscht.
Wie groß ist eigentlich Deine Familie?“

„Wir sind neun Mäuschen“ flüsterte Julchen und eine dicke Freudenträne tropfte aus ihren perlrunden schwarz glänzenden Äuglein.

„Diese Nachricht wird bei allen eine riesengroßc Freude auslösen, denn wir haben natürlich immer mächtigen Bammel, dass wir einmal entdeckt und dann wieder vertrieben werden.“

„Das wird nie, nie geschehen, mein allerliebstes, herziges und zuckersüßes kleines Mäuschen“ hauchte Oliver überglücklich.

„Und denk Dir nur, was meine Mutti heute Morgen zu mir gesagt hat!
Sie hat mich tatsächlich **„kleine Maus“** genannt und dabei sehr lieb über mein Haar gestreichelt.
Jetzt sind wir also Geschwister, ist das nicht traumhaft schön?“

„Ja“ piepste Julchen.
„Ja, das ist wunderschön!

Weihnachten ist überhaupt wunderschön!
Es müsste jeden Tag im Jahr Weihnachten sein!

Das wäre wirklich schön, wunderschön!“

Es ziehen Mäuse neune
übers Feld zur Scheune.

Familie Mauseschwanz komplett
marschieret fröhlich und adrett.

Im Mauseloch ward es eiskalt,
der Winter kam mit Urgewalt.

Vater Maus geht stolz voran,
der Spatz, er zeigt den Weg ihm an.

Die andren Freunde sind schon da,
begrüßen alle mit Hurra!

Es ziehen Mäuse neune
übers Feld zur Scheune!

HAPPY XMAS

Ein Wunschzettel fiel vom Himmel

Es war einmal an einem Dezember-Nachmittag.
Oliver stand am Fenster seines Kinderzimmers und schaute mit großen, sehnsuchtsvollen Augen hinaus.
Es hatte gerade angefangen zu schneien und fast alle Häuser auf der gegenüberliegenden Straßen-Seite hatten schon eine weiße Schnee-Schicht auf ihren Dächern.
Oliver klatschte fröhlich in die Hände:

„Das wird ein Weihnachtsfest!
Genau so wie ich es mir
das ganze Jahr lang erträumt habe!
Ja, so muss es sein, eine weiße Weihnacht!

Alle Häuser, Bäume und Gartenzäune mit weißen Pudelmützen bekleidet und überall Schnee, wohin das Auge blickt.

Dazu Schlittenfahrten, Glocken-Geläut und in der warmen Stube, Lebkuchen, Marzipan und heiße Schokolade.

Vor dem Schlafengehen eine Geschichte und alle Tage so ein sehr komisches Gefühl in der Magen-Gegend, eine prickelnde Vorfreude und Sehnsucht im Herzen und natürlich ein langer Wunschzettel an das Christkind!"

Der Wunschzettel war für Oliver immer besonders wichtig und anstrengend, denn erstens musste er tipptopp geschrieben sein und zweitens durften auf keinen Fall Verwechslungen entstehen.
Alles musste daher verständlich sowie sauber und ordentlich in Worte gekleidet sein.
Oliver hatte daher auch viele Tage gebraucht, bis das Kunstwerk endlich fertig war und vor ihm lag.

Mit diesem Wunschzettel konnte aber wirklich nichts mehr schief gehen, denn so vorbildlich wie in diesem Jahr hatte er noch nie ausgesehen.

Oliver hatte ihn nämlich zusätzlich noch mit lustigen Zeichnungen versehen, bunten Bildern beklebt und außerdem noch sehr viele Ersatz-Wünsche angegeben, falls aus unerklärlichen Gründen ein Wunsch vom Christkind nicht erfüllt werden konnte.

Oliver war auch besonders lieb und brav gewesen, wie überhaupt alle Kinder vor Weihnachten und keiner hatte sich über irgendetwas beschwert.
Alles war daher in bester Ordnung und Oliver war sich sicher, dass so ein traumhaft wunderschönes Weihnachts-Fest wie in diesem Jahr bestimmt nie wieder kommen würde.

Dies musste das Fest aller Feste werden!

Oliver legte den Wunschzettel auf das Fenster-Brett, drückte ihm aber vorher noch ein Küsschen als Briefmarke auf den Umschlag, damit er auch richtig befördert wurde und auf gar keinen Fall verloren gehen konnte.
Nun musste er warten und nochmals warten, bis endlich der ersehnte Tag kam, der Geburtstag des Christkindes!
Am vierundzwanzigsten Dezember aber geschah etwas sehr Merkwürdiges!
Oliver lief, wie an jedem Morgen, als erstes zum Fenster und schaute hinaus ob auch noch alles in Ordnung war. Ja, die ganze Landschaft war in weiße Zucker-Watte gehüllt, so sah es jedenfalls aus und wartete voller Verlangen und Sehnsucht darauf, dass es dunkel wurde!

Dann konnte nämlich das himmlische Christkind endlich unbemerkt die Geschenke bringen!

Da, auf einmal sah Oliver eine riesige Schnee-Flocke vom Himmel fallen, so groß, wie er noch nie eine gesehen hatte und sie fiel direkt in den Garten vor seinem Kinderzimmer-Fenster.
Er rannte schnell hinaus und staunte sehr, denn die Schneeflocke war überhaupt nicht aus Schnee, sondern aus Papier!
Es war ein großes, weißes Stück Papier und es war beschrieben!
Sehr viele Buchstaben waren darauf gemalt, sehr sauber und ordentlich.
Es sah beinahe aus wie ein Wunschzettel.

Aber ein Wunschzettel direkt vom Himmel?
Wer war der Absender?
Wer hatte ihn geschrieben?

Oliver steckte das Blatt Papier schnell in seine Hosentasche und nach dem Frühstück begann er mühsam, das Geschriebene zu entziffern.

„Liebes Menschenkind“ stand dort.

Ein Menschenkind war Oliver, also durfte er mit ruhigem Gewissen weiter lesen.
„Vielleicht hat den Brief das Christkind auf die Erde geschickt und die Schneeflöckchen sind die himmlischen Postboten“ murmelte er leise vor sich hin. „Ja, so muss es sein!“

„Liebes Menschenkind“ las Oliver noch einmal und dann wurden seine Augen ganz groß vor Staunen und sein kleines Herz begann so laut zu klopfen, dass er die Schläge in seinen Ohren hören konnte, denn dort stand wirklich folgendes:

„Liebes Menschenkind,
da heute Weihnachten ist,
schicke ich wie in jedem Jahr,
meinen Wunschzettel auf die Erde.
Alle Menschen feiern an diesem Tag
doch meinen Geburtstag
und ich wünsche mir daher so sehr,
dass ein Menschenkind meinen Brief findet,
ihn liest und weiter gibt,
damit alle Menschen auf Erden wissen,
dass sie erst dann richtig glücklich und
zufrieden sein können, wenn sie heute
meine Wünsche erfüllen!

Jeder Mensch auf Erden
feiert doch auch seinen eigenen Geburtstag
und bekommt an diesem Tag
seine Geschenke!

Weihnachten ist aber mein Ehrentag!

Ich wünsche mir daher
nicht einmal etwas Besonderes,
denn jeder kann meinen Wunsch erfüllen,
egal, ob er jung oder alt,
klein oder groß, arm oder reich ist.
Es spielt auch keine Rolle,
welche Hautfarbe er hat
und in welchem Land lebt.
Es ist eine sehr einfache Bitte und sie kann
daher auch recht bald erfüllt werden!

Jeder Mensch auf Erden
muss sich nur bemühen,
keinen bösen Gedanken mehr herzustellen,
denn damit fängt das ganze Unglück an!
Außerdem sollte er das Leben respektieren und
kein Lebewesen mutwillig quälen oder gar
töten sowie niemanden bewusst verletzen,
weder mit Gedanken, Worten oder Taten.

Jeder kann dazu beitragen,
dass mein Wunsch-Traum bald erfüllt wird,
er muss nur diesen einen Satz
beherzigen und befolgen:

Keine bösen Gedanken, keine bösen Worte,
keine bösen Taten!

Ein Herzenswunsch,
der wirklich ganz leicht zu erfüllen ist,
denn im Herzen eines jeden Lebewesens
sitzt ein Funken Liebe,
Mitgefühl, Anstand, Treue, Ehrlichkeit,
Verständnis und Verantwortung.

Jeder hat diese Nächstenliebe in sich,
ohne sie könnte das Herz überhaupt nicht
schlagen, denn sie ist der Motor,
der jeden Menschen am Leben hält.

Daher ist meine Bitte
auch kein unerfüllbarer Traum sondern kann
ganz schnell zum Leben erweckt werden.
Ein Mensch muss nur endlich anfangen,
friedlich sowie verantwortungsbewusst
zu denken und es weiter sagen!

**Dann wissen alle,
wie einfach der erste Schritt ist!**

**Jeder kann etwas für den Frieden
auf dieser Erde tun,
indem er seine eigenen Gedanken
friedlich stimmt.**

**Bitte, bitte, liebes Menschenkind,
lass mich heute Nacht zu Dir kommen,
damit wir zusammen Weihnachten
feiern und nach dem wertvollen Geschenk
suchen können, das tief im Herzen sitzt
und sehnsüchtig darauf wartet
endlich an einem Weihnachtsfest
gefunden zu werden.**

**Das ist mein innigster Weihnachts-
Geburtstags-Wunsch,
mein geliebtes Menschenkind!
Wenn Du mir diese Sehnsucht erfüllst,
wirst Du glücklich sein
und mit Dir alle Menschen auf Erden,
die mir dabei helfen,
dass dieser Wunsch
endlich Wahrheit wird!“**

Wie schade, dass Oliver den Wunschzettel vom Christkind als er ihn seinen Eltern zeigen wollte nicht mehr finden konnte.

Nun müssen wir warten, bis wieder einmal ein Wunschzettel vom Himmel fällt.

Darum pass‘ gut auf, wenn es in den Tagen vor Weihnachten oder auch direkt am 24. Dezember dicke Schneeflocken schneit.

Vielleicht bist Du es ja, auf den das Christkind in diesem Jahr seine ganze Hoffnung setzt!

Sei also wachsam, denn das Christkind und alle Lebewesen auf Erden warten jetzt sehnsüchtig auf ein kleines Mädchen, einen kleinen Jungen oder einen Menschen mit einem sehr liebevollen und mitfühlenden Herzen, also

Genau auf Dich !!!

Vom Himmel hoch da komm ich her,
mein Weg war weit und auch recht schwer!
Ich bringe Euch vom Christkind fein
den Wunschzettel für Groß und Klein.

Das Christkind braucht Euch doch so sehr,
drum lauft nicht weg, hört alle her!
Es bittet Euch von Herzen rein,
recht lieb zu Mensch und Tier zu sein.
Dann wünscht es sich noch allerlei,
dass nie mehr Krieg auf Erden sei!
Kein Hunger, keine Not, kein Neid,
O, Menschenkind, sei doch bereit!
Die Stille Nacht bricht bald herein,
dann kann im Herzen Weihnacht sein.
Es ist so leicht, es ist nicht schwer,
das Christkind wartet doch so sehr.
Es möcht' so gerne bei Euch sein,
es fühlt sich einsam und allein.
Es braucht genau wie ich und Du
ein bisschen Liebe, Freud' und Ruh!

Ich bin nur ein Schneeflöckchen klein,
ein Botenkind vom Christkind fein,
doch wünsch' auch ich von Herzen mir:
„Ein Weihnachtsfest voll Liebe hier!"

Oliver und das Sternenkind

Es war einmal ein warmherziger, goldiger Junge mit großen, himmelblauen Augen, einem blonden Lockenkopf und einem liebevollen Herzen, der die schillernde Märchenwelt über alles liebte.
In jeder freien Minute holte sich Oliver daher das dicke Märchenbuch aus dem Regal und vertiefte sich in die geheimnisvollen, bunten Geschichten.
Er vergaß dann alles um sich herum, spielte mit den lustigen Zwergen, Wichteln und Kobolden, tanzte mit den duftigen, hauchzarten Elfen, sang mit der fröhlichen Vogelschar, weinte oder lachte und war glücklich oder auch recht verzweifelt, je nachdem, in welches spannende Märchen er sich gerade hineingeträumt hatte.
Oliver hatte daher auch nur einen Weihnachts-Wunsch, dass abends, wenn er in seinem Bettchen lag, einmal eine Märchen-Figur hereinschweben würde, um ihm ein liebes Gute-Nacht-Küsschen zu schenken.

Oft seufzte er daher vor dem Einschlafen:

„Wie schade,
dass alle Märchen mit dem dummen Satz:
„Es war einmal“ beginnen
und sich die wundersamen Geschichten
vor vielen hundert Jahren ereignet haben.

Gar zu gerne hätte ich in der Zeit gelebt,
als es noch Siebenmeilenstiefel gab,
ein Tischlein deck Dich
einen Goldesel streck Dich,
einen gestiefelten Kater,
ein Lebkuchenhaus im Walde,
ein Bäumchen, das wunderschöne
Kleidung herab wirft,
Frösche, die in Wirklichkeit
verzauberte Prinzen sind,
Geißlein, die sprechen können
und noch vieles, vieles mehr!

Wie schön wäre es auch,
einmal Rotkäppchen zu begegnen,
Hänsel und Gretel, dem Froschkönig,
Schneewittchen mit den 7 Zwergen
sowie Dornröschen oder Aschenputtel!

Das Sternentalerkind würde ich ebenfalls gerne einmal sehen genau wie Frau Holle oder Hans im Glück! Riesig freuen würde ich mich ebenso über den gestiefelten Kater, Schneeweißchen und Rosenrot, Rapunzel, Rumpelstilzchen, das tapfere Schneiderlein und einen Zauberer auf einem fliegenden Teppich.“

Oliver schaute sehnsüchtig aus dem Fenster seines Kinderzimmers in den tief blauen Nacht-Himmel voll golden blinkender Sterne.
Der Mond hing wie eine dicke leuchtende Laterne am Himmel und die Sterne rund um ihn herum funkelten und blitzten so eindrucksvoll und gewaltig, als ob sie etwas äußerst Wichtiges zu berichten hätten.

„Wie traurig, dass ich ihre Sprache nicht verstehe“ murmelte Oliver schlaftrunken. „Es wäre doch zauberhaft schön, wenn ich jetzt mit einem der goldenen Weihnachts-Sterne plaudern könnte!

Sicher würde er mir auf viele Dinge, die mein kleines Herz bewegen, eine Antwort schenken, da er von dort droben doch alles viel besser beobachten kann. Daher ist ein Weihnachts- Stern bestimmt auch tausendmal klüger als alle Menschen auf der ganzen Welt.“

Auf einmal entdeckte Oliver eine Sternschnuppe am hohen Himmelszelt und wünschte sich aus tiefstem Herzen dass der herab fallende Stern zu ihm kommen möge.
Tatsächlich, sein Wunsch schien in Erfüllung zu gehen, denn der Goldstrahl wurde heller, kam immer näher und tauchte das Kinderzimmer in ein geheimnisvoll schimmerndes Zauberlicht.

Oliver zitterte vor Freude und Aufregung, denn plötzlich sah er ein Sternenkind mit lockigen, goldblonden Haaren, das auf einem schillernden Sternenteppich saß, in das weit geöffnete Fenster herein schweben, nachdem es durch den Zauber-Stab geöffnet wurde. Es trug ein mit Goldfäden durchzogenes und mit winzig kleinen, blitzenden Sternen besetztes hell leuchtendes Traumkleid und das seidige goldig glänzende Haar schmückte eine flimmernde und schimmernde Sternenkrone!

In der Hand hielt es einen blinkenden, glitzernden und glimmernden Zauberstab.
Damit berührte es den Teppich, auf dem es saß, dieser löste sich vor Olivers Augen in Luft auf und das kleine Sternenkind wurde auf einmal genau so groß wie er selbst.
Nun berührte es Oliver ebenfalls ganz sanft mit dem Zauberstab und erklärte mit einer silberhellen Stimme: „Jetzt kannst Du meine Sprache verstehen und wir können miteinander plaudern, das hast Du Dir doch ebenfalls gerade gewünscht, nicht wahr?“

„Ja natürlich“ jubelte Oliver.
„Komm zu mir, damit ich Dir ganz nahe bin.“

Das Sternenkind erfüllte Olivers Wunsch sofort, schwebte noch näher zu ihm heran und begann, mit einer klaren und klingenden Stimme ein Weihnachts-Lied zu singen, das Oliver bekannt vorkam.
Leise summte er die weihnachtliche Melodie mit und dabei glänzten seine Augen voller Freude genau so hell und rein wie die ungezählten Sterne am fernen weiten Himmelszelt.

Als die zauberhafte Melodie beendet war, drängte das Sternenkind:
„Nun los, frag mich etwas, sonst schläfst Du mir noch ein, bevor ich überhaupt nur eine Deiner vielen Fragen beantworten kann.“

„Ach Sternenkind“ seufzte Oliver.
„Das wird mir ganz bestimmt nicht passieren!
Ich bin nämlich viel zu neugierig und aufgeregt und warte auch schon zu lange auf eine Antwort.
Also, ich wüsste brennend gerne, wo sich all die bezaubernden, traumhaftschönen, unterhaltsamen und aufregenden Märchenfiguren verstecken.
Wo leben sie jetzt?
Sie können doch nicht einfach für immer in unsichtbare Welten entschweben!
Ich dachte, wir Menschen wären durch die vielen Abenteuer, die wir gemeinsam mit ihnen erlebt haben, für immer miteinander verbunden.

Außerdem interessiert mich auch noch brennend, wo sich die weltbekannten klugen und fleißigen Heinzelmännchen verstecken.
Es wäre doch sehr praktisch, wenn sie mir ab und zu bei den oft recht schwierigen Schularbeiten helfen könnten!

Damit würden sie mich sehr glücklich machen!“

„Was, davon hast Du keine Ahnung?
Das ist aber wirklich sehr leicht zu erklären“ lächelte das Sternenkind belustigt.
„Viele Märchenfiguren sind verschwunden, weil sie inzwischen nicht mehr benötigt werden und durch moderne Erfindungen ersetzt wurden.
Die Menschen haben sich nämlich im Laufe der Zeit eine Menge Träume und Wünsche bereits selbst erfüllt!
Für Deine Hausaufgaben zum Beispiel gibt es Computer. Sie sind in der Lage, fast jede Deiner Fragen in Windeseile zu beantworten.
Ein Lexikon oder Wörterbuch erklärt ebenfalls die Schreibweise und Bedeutung aller Worte, Du benötigst für Deine Schul-Aufgaben also ganz sicher keine Heinzelmännchen.
Du kannst heute auch jederzeit mit einem Kaiser, einer Königin, einem Herzog, einer Prinzessin, einem Prinzen oder einem berühmten Menschen per Telefon, Handy oder Internet plaudern.
Einige der Märchen-Figuren sind also aus der Traumwelt in die Wirklichkeit gekommen und es wird sogar ausführlich über ihr Leben in den Zeitschriften sowie auch im Fernsehen berichtet.

Aschenputtel musst Du ganz gewiss ebenfalls nicht mehr beneiden!
Du darfst nämlich jederzeit in ein Kaufhaus gehen und Dir die schönste Kleidung aussuchen.
Ja, Du kannst sie sogar anprobieren und Dich damit vor einem Spiegel bewundern.

Allerdings musst Du alles wieder zurückbringen, wenn Du nicht bezahlen kannst, aber im Märchen durfte Aschenputtel ihre Ballkleider auch nicht behalten! Sie waren ebenfalls nur ausgeliehen!

Siebenmeilen-Stiefel werden jetzt durch Schiffe, Flugzeuge und Eisenbahnen ersetzt, sie bringen Dich an jeden beliebigen Ort der Welt.

Ein echtes „Tischlein deck Dich“ erwartet Dich übrigens in jedem feinen Restaurant!
Du musst nur Deine Wünsche aufzählen, schon werden sie Dir wie durch Zauberei in wenigen Minuten erfüllt.
Der Tisch wird dann sogar extra für Dich mit feinen Tafel-Tüchern gedeckt, mit edlen Blumen geschmückt und das Essen wird in kostbarem Geschirr serviert, genau wie bei einem Kaiser, König oder Edelmann!

Du erhältst sogar silberne Löffel, Messer und Gabel zum Essen. Auch Weinkaraffen aus echtem Kristall die mit köstlichem Wein aus Ländern der weiten Welt gefüllt sind, werden Dir angeboten!
Was willst Du mehr?
Wenn Du dann satt und zufrieden bist, wird alles wieder abgeräumt und gesäubert.
Natürlich musst Du diese prunkvolle, prächtige Mahlzeit bezahlen, sonst kommt nämlich der „Knüppel aus dem Sack“ genau wie im Märchen.

Na, und ein Lottogewinn, der völlig unerwartet vom Himmel fällt erinnert doch ganz stark an das bekannte Märchen „Gold-Esel streck Dich“!

Du findest aber trotzdem alle Märchenfiguren von damals auch noch heute im Märchen-Buch.
Sie werden den Menschen also immer erhalten bleiben und sie weiterhin verzaubern.

Außerdem werden die Märchen zusätzlich noch im Kino oder in Theater-Aufführungen gezeigt.

Wer jedoch lieber zu Hause bleiben will, kann auch seinen Fernseher einschalten und alle Abenteuer bequem von seinem Sessel verfolgen.

Eine Frage, die jedoch alle Menschen bewegt, ist bis heute ungeklärt geblieben und kann auch von mir leider noch nicht beantwortet werden.
Vielleicht bist Du aber ein Glückskind und kannst dieses Rätsel eines Tages lösen:

Warum
bekommen nicht alle Menschen
ihren Wunsch-Traum erfüllt
und warum werden einige Menschen
mit Glück überschüttet,
während andere völlig leer ausgehen?"

Olivers Wangen glühten vor Aufregung, seine Augen glänzten voller Staunen und er fragte:
„Sag liebes Sternenkind, könnte ich mir auch etwas zu Weihnachten wünschen, was dann vielleicht in hundert Jahren in Erfüllung geht?"

„Sicher kannst Du das, aber pass auf, dass es ein guter und hilfreicher Wunsch ist, denn nicht alle erfüllten Träume haben den Menschen Glück und Zufriedenheit beschert.
Du trägst also eine große Verantwortung in Dir, vergiss das bitte nie!

Nun muss ich mich aber leider wieder von Dir verabschieden, denn die Zauberkraft, mit der Du mich erschaffen hast, geht langsam wieder zu Ende. Leb wohl mein kleiner Oliver und sei in Zukunft glücklich und zufrieden mit den vielen Dingen die Du heute erleben darfst!
Hilf allen Menschen, Pflanzen sowie Tieren, so gut Du kannst, dann wirst Du auch in der Zukunft immer glücklich und zufrieden sein."

„Warte, flieg bitte noch nicht fort, mir fällt gerade noch ein riesengroßer Herzens-Wunsch ein, den ich beinahe vergessen hätte und den ich Dir noch unbedingt sagen muss" rief Oliver aufgeregt.

***„Ich träume schon lange davon,
dass sich alle Menschen miteinander sowie
mit Tieren und Pflanzen gut verstehen
und dass es keine Kriege mehr gibt!***

***Außerdem muss ich dann natürlich
immer gesund und munter bleiben,
damit ich mir noch recht viele
gute und hilfreiche Wünsche
ausdenken kann!***

Diesen riesigen Wunsch kannst Du mir bestimmt noch schnell erfüllen und nicht erst in hundert Jahren, denn er ist doch für alle Lebewesen auf der Welt sofort sehr wichtig und hilfreich.“

Oliver klatschte über seinen glücklichen Einfall zur Bekräftigung fest in die Hände und erwachte aus dem wundervollen Traum.

Der dicke, golden leuchtende Vollmond hing noch immer wie ein Lampion am Himmelszelt und die blitzenden, glitzernden und flimmernden Sternen-Kinder strahlten mit ihren goldenen und silbernen Locken-Köpfchen um die Wette.

Oliver schlüpfte schnell unter seine Bettdecke und hoffte von ganzem Herzen, dass dieses Erlebnis nicht nur ein Traum gewesen war und wünschte sich daher noch zusätzlich, dass sein Sternenkind bald wieder zu ihm kommen möge, um ihm erneut eine spannende Geschichte zu erzählen und vielleicht auch, um einige seiner sehnlichsten Wünsche zu erfüllen.

„Wisst Ihr, wo Schneeweißchen wohnt“
fragt der liebe gute Mond.

„Bei Rosenrot, das ist doch klar“
ruft vergnügt die Zwergen-Schar!
„Und wo ist Rosenrot zu Haus?“

„Im Märchenwald ruht sie sich aus
bei Frosch und Has und kleiner Maus,
beim Märchenbären, bei den Zwergen
und Schneewittchen hinter Bergen!“

„Und wo, sagt, liegt der Märchenwald,
in dem sich stets trifft Jung und Alt
zu wundervollen Märchenstunden
in gesellig frohen Runden?“

„Nun, dieses ist doch sonnenklar
in Deinem Herzen wunderbar!
Dort liegt er und ist stets bereit
zu schenken Dir sein Märchenkleid!“

Schneeweißchen und Rosenrot

Es war einmal ein Geschwisterpaar, das sich nicht nur sehr ähnlich sah, so dass es oft für Zwillinge gehalten wurde, nein beide strahlten außerdem auch noch eine ganz besonders herzliche Wärme und Freundlichkeit aus.
Sie zogen mit ihrer Grazie und äußerst betörenden Anziehungskraft fast alle Blicke auf sich und verzauberten damit ihre Umgebung, so dass die Eltern sie oft auch scherzhaft als ihre zwei liebreizenden Prinzesschen bezeichneten, denn durch diese entzückenden kleinen Mädchen hatte das Lebensglück der Familie erst so richtig begonnen und dafür war sie unsagbar dankbar.

Als das Pärchen ein klein wenig älter wurde und abends vor dem Zubettgehen schon recht oft ein Märchen vorgelesen bekam, geschah es ganz wie von selbst, dass sie im Traum tief in die Märchen-Welt eintauchten.

Eines Tages begab es sich jedoch, dass sie sich ganz deutlich in dem Märchen „Schneeweißchen und Rosenrot" wieder erkannten.

Beide Mädchen träumten nämlich ebenfalls recht oft davon, dass sie wie zwei echte Prinzessinnen einmal von einem Königssohn in ein Schloss ins Märchen-Zauberland entführt würden.

Stephanie, die ein Jahr ältere, hatte fast weißblonde Haare, liebte die daunen-weichen, schneeweißen Flöckchen, die zur Weihnachtszeit vom Himmel fielen, über alles und tauschte außerdem auch noch ein klein wenig früher ihre ersten Mausezähnchen gegen bewundernswerte blütenweiße perlrunde neue Zähne ein.
Nun schaute sie beim Lächeln viel liebreizender aus und es war daher auch ganz selbstverständlich dass sie von ihrer Schwester „Schneeweißchen" genannt wurde.

Dieser Name blieb auch dann noch bestehen, als Rosalie ebenfalls mit eigenen neuen strahlend weißen Beißerchen ihre Umgebung bezaubern konnte, denn sie bewunderte noch immer ihre etwas ältere Schwester. Diese war nämlich leider weiterhin ein geringes Stückchen größer und sogar etwas klüger. Auch errötete sie nicht sofort, wenn sie einmal von ihren Eltern oder der Verwandtschaft gelobt oder bewundert wurde.

Rosalie wusste daher natürlich sogleich, dass der Name „Rosenrot“ nur zu ihr gehören konnte weil sie die Farbe rosa-rot in allen Schattierungen über alles liebte und auch die Rose als Lieblingsblume in ihr Herz geschlossen hatte.
Sie war daher über ihren rosa-rosenblütenzarten Namen überglücklich und es gab nichts auf der Welt, was die Freude über ihren Märchen-Namen trüben konnte.

Die beiden Geschwister fühlten sich als kleine Märchen-Prinzessinnen daher auch vollkommen zufrieden und als Stephanie in einer Weihnachts-Aufführung als Schneeflöckchen in einem hauch-zarten, federweißen Schneeflocken-Kostüm und Rosalie als Weihnachts-Blütenstern mit einem rosa-roten Blüten-Kranz im Haar einst mitspielen durften, strahlten sie so viel Begeisterung und Freude aus, dass die Zuschauer mit einer echten märchenhaften Stimmung beschenkt wurden.

Voller Ungeduld warteten Stephanie und Rosalie nun auf das Weihnachtsfest zu Hause!
Vor allem freuten sie sich aber riesig auf den Weihnachtsmann denn sie hatten natürlich einen langen Wunschzettel auf die Reise geschickt.

Es war genau drei Tage vor dem Weihnachts-Fest, als die Mutti ihren beiden Mädchen nach der Gute-Nacht-Geschichte fröhlich verkündete:
„Morgen müssen wir unbedingt die Weihnachts-Bäckerei erledigen!
Ich habe bereits alle Zutaten besorgt, sie stehen schon für fleißige Hände in der Küche bereit.
Wie sieht es aus, wollt Ihr mir helfen und die Plätzchen mit Rosinen und kandierten Früchten sowie Puderzucker verzieren?“

„Wie kannst Du nur fragen, natürlich helfen wir Dir“ riefen beide Mädchen einstimmig.
„Ich muss nur noch meine mehlweiße Bäcker-Mütze suchen, sie könnte irgendwo zwischen meinen Winter-Pullovern liegen“ rief Stephanie glücklich und Rosalies Wangen glühten bei dieser Nachricht voller Vorfreude wie zwei ganz echte rosarote zarte Heide-Röslein im Sommerwind und Sonnenschein.

„Hoffentlich schneit es morgen“ rief Stephanie voller Tatendrang.
„Die Weihnachts-Bäckerei macht nämlich doppelt viel Spaß, wenn ich die Zimt-Sterne mit zauber-weißem Puderzucker bestreichen kann.

Mit ein paar sahneweißen Schnee-Flöckchen, die ich darunter mischen kann, schauen sie doch noch verlockender und geheimnisvoller aus."

„Ja, das ist wirklich ein ganz hervorragendes neues Rezept" lächelte die Mutti versonnen. „Schneeflöckchen könnten den Weihnachtszauber bestimmt noch verstärken und beflügeln."
Dann hauchte sie den bezaubernden Weihnachts-Prinzessinnen ein Gute-Nacht-Küsschen auf die Wange und kurz darauf fielen sie auch schon in einen tiefen festen Schlaf.
Als die Mutti ein wenig später noch einmal nach ihnen schaute, lächelten sie so glückstrahlend, dass sie die beiden ganz beruhigt ihren Träumen überlassen konnte, die sicherlich irgendetwas mit leckeren Weihnachtsplätzchen, dem Tannenbaum und den Geschenken zu tun hatten.

Und sie hatte mit ihrer Vorahnung natürlich völlig Recht!

Kaum war die Tür zum Kinderzimmer leise und vorsichtig geschlossen worden da erschienen am nachtblauen Firmament auch schon die ersten flauschigen und daunen-weichen Schneeflocken und segelten leicht und beschwingt auf die Erde.

Zuerst waren es nur ein paar winzige flockige Wattetupfer, so sahen sie jedenfalls aus, die ins Fenster herein schauten. Dann wurde der Schnee-Reigen aber immer dichter und ein Singen und Klingen erfüllte die frische, reine Winterluft.
Die weichen Flocken hatten nämlich den Auftrag, so hurtig es ging, auf die Dächer der Häuser und Bäume, die vom Fenster aus zu sehen waren, kleine weiße Bäcker-Häubchen zu zaubern.

Die Kinder sollten nämlich, wenn sie morgens ihre Augen aufschlagen würden, sofort erkennen, dass der Himmel jetzt mit der Erfüllung einer ihrer größten Weihnachts-Träume beschäftigt war.

Tatsächlich, Stephanie bemerkte als erste, dass irgendetwas Geheimnisvolles in der Luft lag.
Auf ihrer Bettdecke lag nämlich plötzlich die Bäckerhaube und draußen auf dem Fensterbrett lag eine dicke weiße Schnee-Schicht.
Voller Freude sprang sie mit einem Satz aus dem Bett und lief zum Fenster!

Ja, ein Weihnachts-Wunder war geschehen!

Heute konnte endlich ihr Märchen wahr werden, denn Schneeweißchen feierte immer an dem Tag ihren Namens-Geburtstag, an dem der duftige weiße Schnee zum ersten Mal die Erde bedeckte.

Ihre Schwester Rosenrot beging dagegen ihren Namens-Tag genau dann, wenn die erste rosarote Rose im Garten erblüht war.

Diese Bedingungen mussten erfüllt sein, so stand es jedenfalls im Märchen-Geburtstags-Kalender!

Diese Ereignisse waren daher eigentlich zwei getrennte Feiertage aber die Geschwister feierten ihre Märchen-Namen natürlich stets gemeinsam und Rosenrot durfte daher auch den Ehrentag von Schneeweißchen heute fröhlich mitfeiern.

Für sie lag daher auch das rosarote Lieblings-Kleid bereits ausgebreitet auf dem Bett.
Sie musste nur noch hinein schlüpfen, wenn sie erwachen würde.

Und dann geschah das nächste Weihnachts-Wunder!

Rosenrot wurde nun ebenfalls unruhig und rieb sich verwundert den Schlaf aus den Augen.
Wie kam nur ihr Märchenkleid auf das Bett und warum lag der Rührlöffel daneben, den Mutti immer bei der Weihnachtsbäckerei benutzte?
Ja, und auf dem Platz von Schneeweißchen lag der Teigroller! Aber wo war ihre Schwester?

Nun war die kleine Rosalie aber mit einem Schlag hellwach, denn sie sah Stephanie auf Zehenspitzen neugierig aus dem Fenster schauen, als gäbe es dort etwas Außergewöhnliches zu sehen.
Die Bäckerhaube schmückte bereits ihren Kopf und unter der reinweißen Schürze blitzte der Lieblingspullover mit den roten Herzchen, die in den schneeweißen Wollpulli eingestrickt waren.

Als Rosalie sich vom Staunen gerade etwas erholt hatte und ernsthaft darüber nachdenken wollte was hier eigentlich geschah, wurde es im Kinder-Zimmer wie durch Zauberei plötzlich taghell.
Ein Weihnachtsbaum, geschmückt mit bunten Kugeln, silberhellen Sternen und einem goldenen Weihnachts-Glöckchen, das mit einer rosaroten Seiden-Schleife an der Spitze festgebunden war, schwebte durch das noch leicht geöffnete Fenster.

Er blieb genau in der Ecke des Raumes stehen. Aus einer Spieluhr, die auf der Erde stand, erklang nun ein bekanntes Weihnachts-Lied und im selben Moment begannen auch noch die Kerzen am Baum zu glühen und verzauberten das Zimmer in einen lichthellen Weihnachtstraum.

Rosalie zog sich schnell wie der Wind ihr Festtag-Kleidchen an, band sich ebenfalls die blütenweiße Schürze um, die auf dem Bettchen lag und glaubte ihren Augen nicht zu trauen, denn nun stand plötzlich direkt vor ihr der Weihnachtsmann.
Er hielt in seinen Händen ein Tablett mit herrlich duftenden Weihnachts-Plätzchen die mit leckerem Zuckerguss verziert waren.

„Nun schaut doch nicht so ungläubig drein, meine zwei kleinen „Prinzesschen“ rief er gut gelaunt.

„Diese Weihnachts-Überraschung habe ich aus dem Märchenland haargenau in diesem Moment mitten hinein in Euer Kinder-Zimmer gezaubert.

Probiert aber erst einmal die köstlichen Kekse, die von den 77 Schneewittchen-Zwergen aus dem Märchenwald extra für Euch gebacken wurden.

Wir veranstalten nämlich jetzt gemeinsam eine weihnachtliche Geburtstags-Party für Eure lieben reizenden, bezaubernden Märchen-Namen:

Schneeweißchen und Rosenrot!

Schaut Euch den Tannenbaum bitte sehr genau an, dann werdet Ihr an seiner Spitze einen leuchtend roten Rosenblüten-Weihnachts-Stern erblicken.

Die rotzipfligen Zipfelmützenzwerge haben ihn heute im Märchenwald zum Erblühen gebracht so dass wir den Feiertag von Euren beiden Namen ganz nach dem alten Brauch des Märchens nun alle gemeinsam genießen können.

Ich habe mein Weihnachtskostüm zu diesem festlichen Anlass daher auch vorzeitig aus dem Schrank geholt, denn es ist, wie Ihr sehen könnt, tief rosarot und mit einem schneeflöckchen-weißen, weichen und sehr flauschigen Besatz an der Jacke und Mütze verziert und sogar meine Nase ist zusätzlich voller Freude rosarot gefärbt.
Dies geschieht nur, weil alle Märchenfiguren aus dem Märchenwald Euch von ganzem Herzen sehr lieb haben!

Sie alle schicken Euch herzliche Grüße und haben zusätzlich noch eine große Schüssel mit Teig für allerlei Weihnachtsgebäck vorbereitet, damit wir jetzt mehr Zeit zum Auspacken der Geschenke und zum Erzählen haben.
Einige liebevoll verpackte kleine Geschenke von allen Waldbewohnern liegen bereits unter dem Weihnachtsbaum, Ihr dürft sie natürlich gleich auspacken, denn es sind ebenfalls Geburtstags-Märchen-Geschenke."

„Bist Du wirklich der echte Weihnachtsmann" fragte Rosenrot schüchtern „und darf ich einmal ganz sanft an Deinem Bart zupfen?
Vielleicht ist alles ja nur ein Traum, obwohl ich den Duft der Weihnachts-Tanne ganz deutlich mit meiner Nase erschnuppern kann!"

„Nun, ich bin genau der Weihnachtsmann, den Ihr beide Euch immer vorgestellt habt und bleibe so lange hier, bis ich die wichtigsten Punkte, die Eure Herzen bewegen, beantwortet habe.

Ihr habt nämlich in dem Brief, den die Mutti für Euch auf den Weg gebracht hat, sehr viele und interessante Fragen gestellt!

Als erstes wolltet Ihr natürlich wissen ob Ihr tatsächlich richtige Prinzessinnen seid und ein echter Prinz Euch eines Tages auf einem weißen edlen Pferd in sein goldenes Schloss entführen wird in dem Ihr dann gemeinsam bis zum Lebens-Ende glücklich vereint seid!“

„Genau, Du hast den Brief also bekommen“ riefen beide Mädchen hocherfreut.

„Natürlich und ich werde auch sofort alles so gut ich kann, erklären!
Wenn mich zwei so allerliebste kleine Mädchen innig bitten, erfülle ich in der geheimnisvollen Weihnachtszeit natürlich mit Freude ihren größten Herzens-Wunsch.
Also, passt gut auf, ich verrate Euch jetzt das tiefe Geheimnis wie Eure bunten Träume tatsächlich einmal Wahrheit werden können!
Wenn Ihr weiterhin freundlich, hilfsbereit, gütig und warmherzig bleibt, Euer goldenes Herz für bedürftige sowie auch notleidende Mitmenschen schlägt und Eure Augen sternenhell, kristallklar und grundehrlich aus der Tiefe einer reinen Seele leuchten, dann werdet Ihr eines Tages ganz sicher den richtigen jungen Mann verzaubern.

Er wird, wenn Ihr ihn innig und herzlich anlächelt, ein bisher noch unbekanntes warmes Gefühl in seiner Herzgegend verspüren, denn Euer Charme und Liebreiz wird ihn magisch anziehen.
Eure Augen, die so klar und tief wie ein Bergsee leuchten wenn die Sonne sich in ihm spiegelt, werden ihn verzaubern und er wird fühlen, dass Ihr es ehrlich meint und Euer Herz die Wahrheit spricht, denn so empfindet nur eine echte und wahre Prinzessin!
Dann wird auch jedes Kleidungsstück, das Euren Körper umschmeichelt, so funkeln und strahlen, als ob es mit kostbaren Perlen und Edelsteinen besetzt ist und das Herz Eures Märchen-Prinzen, der Euch mit ganzer Seele und Herzen liebt, wird genau so blinken und leuchten, denn es wird auch ihm völlig sternenklar sein, dass Ihr für immer zusammen gehört.
Es wird daher nichts auf der Erde geben, was Euch jemals trennen kann.
Die Wohnung, die Ihr Euch gemeinsam aussucht und mit allem schmückt, was ein wohliges Gefühl von Heimat und Zuhause schenkt, wird sich auf einmal vor Euren Augen in das allergroßartigste, tollste, glanzvollste, prächtigste, fantastischste, und herrlichste Schloss auf Erden verwandeln.

Nur Ihr selbst könnt dieses Wunder vollbringen und mit Eurer herzerwärmenden, liebenswerten Art den jungen Mann in einen richtigen Prinzen und Eure Wohnung in ein prachtvolles, edles, königliches Schloss verwandeln, weil Ihr aus dem liebenden Herzen heraus Feingefühl, Geschmack, Eleganz und natürliche Schönheit ausstrahlt.
Ihr werdet alles um Euch herum zum Klingen und Singen bringen so dass Euer Leben im goldenen Glanz leuchtet und Ihr wunschlos glücklich seid.

Der reichste König oder Edelmann auf der Welt kann zwar ein riesengroßes Schloss besitzen aber es wird für ihn immer nur eine kleine armselige Hütte bleiben, wenn er geizig und knauserig ist sowie schlechte, miese Laune verbreitet.
Wenn er dann noch böse über seine Umwelt denkt, wird alles um ihn herum düster sein, die kostbarsten Schätze werden sich in ein Nichts auflösen und er wird sich immer einsam und verlassen fühlen!

Seht Ihr, dies kann Euch nie passieren, wenn Ihr auch in Zukunft Euer gutes, mitfühlendes Herz sprechen lasst.

Dann wird Euch auf jeden Fall einmal ein echter Prinz begegnen der Euch nie enttäuschen oder gar betrügen wird.
Ihr werdet jeden Wohnraum in ein Traumschloss verwandeln, genau wie Ihr mich heute mit Eurem Weihnachts-Zauber in Euer Leben geholt habt.

Ihr werdet auch diesen Traum nie vergessen, denn er ist ebenfalls ein Spiegelbild Eurer Gedanken, die freundlich, lieb und gut sind.
Genau so werdet Ihr auch in Zukunft die richtigen Menschen finden, die zu Euch passen und mit ihnen glücklich werden.
Ihr seid dann echte Prinzessinnen die in einem königlichen Schloss leben und bis an ihr Lebens-Ende glücklich und zufrieden sind.
Das ist kein unerfüllbares Märchen, denn diese guten Gefühle leben in Euch!
Ihr könnt sie aufwecken und in Euer Leben holen!

Schaut hinaus aus dem Fenster, erfreut Euch an den Schneeflocken, die vom Himmel fallen, der Natur, die sich für Euch mit dem frisch gefallenen Schnee schmückt und den schmucken Häusern, in denen Menschen leben, die sich genau wie Ihr, nach Liebe sehnen!

Der Tannenbaum wird Euch daher nicht nur heute sondern auch zu jeder Jahreszeit an jedem Ort der Welt immer ein Gefühl von Geborgenheit, Schutz und Heimat vermitteln.
Die Weihnachts-Kerzen werden alles um Euch herum in ein warmes, behagliches sowie auch gemütliches Licht hüllen und das kleine Gold-Glöckchen wird Eure Worte glockenhell, rein, melodisch klar und silbern erklingen lassen so dass Euch jeder mit dem Herzen verstehen kann!“

„Das alles werden wir wirklich einmal erleben“ fragten die beiden Märchenkinder ungläubig und schauten dem guten Weihnachtsmann fassungslos und aufs Höchste erstaunt in die Augen.
Sein freundliches Gesicht, die rotzipflige Zipfel-Mütze, die er sich von den Zwergen im Märchen-Land flugs ausgeliehen hatte, der weiße gelockte Rauschebart und der rosa-rote Weihnachts-Anzug leuchtete und strahlte genau wie seine Augen und er meinte nur: „Ja, aber natürlich!
Ihr werdet den Duft der ofenwarmen gebackenen Weihnachtsplätzchen auf der ganzen Welt zu jeder Zeit wahrnehmen können und ein Tannen-Baum wird Eurem Herzen nun immer so nahe sein wie der Weihnachtsbaum heute in diesem Raum.

Auch die Tiere, egal wie sie ausschauen und wo sie Euch begegnen, werden in Euch vertrauliche sowie freundschaftliche Gefühle auslösen.
Ihr werdet Euch beschützt und geborgen fühlen!
Behaltet daher dieses Weihnachtsbild für immer in Euren Herzen, dann wird Euch stets ein Licht in der Dunkelheit leuchten.
So, nun müssen wir uns aber beeilen, wenn wir noch von all den bunten Plätzchen naschen, ein paar Weihnachtsgeschenke auspacken und einige Weihnachtslieder singen wollen.
Das seht Ihr doch bestimmt genau so, oder?"

„Aber ja" riefen Schneeweißchen und Rosenrot wie aus einem Munde und stimmten sofort ihr Lieblings-Weihnachtslied an, in das froh gestimmt der Weihnachts-Mann mit einfiel.
Sogar das Weihnachtsglöckchen begann zu läuten, der dicke gute alte Vollmond mit seinen Sternen-Kindern schaute lächelnd zum Fenster herein und die beiden Mädchen fühlten sich auf einmal leicht, beschwingt und frei von allen Sorgen.
Ja, das war ein Weihnachtsfest voller Fröhlichkeit, Lichterglanz, Weihnachtsduft und Harmonie wie sie es sich immer gewünscht hatten und sie waren riesig gespannt wie es wohl weitergehen würde.

Herzige, kleine, liebe Plätzchen für herzige, kleine, liebe Schätzchen!

Nachdem der liebe gute Weihnachtsmann seinen beiden kleinen Prinzessinnen ausführlich erklärt hatte, wie sich ihr allergrößter Herzenswunsch in Zukunft einmal wirklich erfüllen könnte, wurde ihm mächtig heiß.
Nicht nur seine Nase leuchtete glutrot, nein auch seine Ohren begannen unter der wärmenden rotzipfligen Zipfel-Mütze zu glühen, seine Hände, die in mollig warmen Hand-Schuhen steckten, versuchten, sich von ihrem warmen Überzug zu befreien und seine Arme, die ein großes Tablett mit Weihnachts-Gebäck festhielten, erlahmten langsam, so dass er aus tiefstem Herzen flehte:

„Nun erlöst mich endlich und fangt an, von den leckeren Weihnachts-Plätzchen zu naschen, die meine Zwerge mit ihren Frauen extra nur für Euch gebacken haben.
Wie Ihr seht, haben sie Zimt-Sterne mit weißem Zuckerguss bestrichen und kleine runde Törtchen mit einer Haselnuss verziert, die Henriette, das fleißige Eichelhörnchen aus dem Märchenwald den ganzen Sommer hindurch gesammelt hat.

Sie hat diese Leckerbissen gut versteckt, damit sie keiner findet und Ihr Euch heute daran satt essen könnt.
Es wurden auch kleine Halbmonde mit einem honiggelben Zuckerguss bepinselt, dunkelbraune Schoko-Küsschen und klitzekleine Weihnachts-Stollen mit Rosinen geformt, alles zuckersüße Grüße aus dem Märchenwald.
Die Plätzchen, die Ihr aus dem bereits fertigen Weihnachts-Teig nun gemeinsam herstellen sollt, dürfen aber nicht nur zu Weihnachten sondern das ganze Jahr hindurch gegessen werden und Freude bereiten.

Alle Zipfelmützen-Zwerge aus dem Märchenwald wünschen sich daher ganz innig von Euch dass Ihr viele kleine Plätzchen backt, die Schneeweißchen dann anschließend mit einem schneeflöckchen-weißen und Rosalie natürlich mit einem rosaroten Puderzuckerguss verziert.
In der Mitte könnte dann noch ein klitzekleiner weißer oder rosaroter Tupfer prangen.

Dieses Gebäck soll für alle großen und kleinen Lecker-Mäulchen eine besondere Schleckerei von Januar bis Dezember werden.

Außerdem wünschen sich die Zwerge und alle Bewohner des Märchenwaldes natürlich dass dieses leckere Weihnachtsgebäck nicht nur von Euch beiden sondern von allen Bäckereien das ganze Jahr hindurch unter dem blumigen Namen

„Schneeweißchen und Rosenrot-Gebäck“

angeboten und verkauft wird.
Eure Mutti wird Euch doch sicherlich bei dieser fantasievollen Erfindung helfen, denn diese Idee wird sie bestimmt ebenfalls begeistern!“

„Aber natürlich“ riefen Stephanie und Rosalie fröhlich, „nur gibt es im Sommer doch gar keinen Schnee. Wie sollen wir das verständlich machen?“

„Ganz einfach, es gibt doch Löwenzahn-Blumen, die sich genau zur Frühlingszeit in Pusteblumen verwandeln und viele klimperkleine schneeweiße Schirmflieger die genau wie Schnee-Flöckchen ausschauen in die Luft pusten.

Auch das Wollgras in der Heide stellt Flocken her, die dem puderzuckerweißen Schnee zum Verwechseln ähnlich sehen.

Die Lindenblüten bedecken sogar mitten im Sommer ihre Umgebung mit wollig-weichen und schneeweißen Flocken.
Bei diesem Anblick könnten die Menschen auch glauben dass Frau Holle sich einen lustigen Streich erlaubt und ihre mit Schnee gefüllten Betten zur Sommerzeit ausgeschüttelt hat.
Ja, es gibt bestimmt noch einige Pflanzen, die es zu einer völlig ungewohnten Zeit auf der Erde schneien lassen.
Vielleicht fallen Euch ja noch einige weiße Überraschungen ein, die zur Frühlings- Sommer- oder Herbstzeit geschehen können.
Unsere Bäume, Pflanzen und Blumen sind echte Wunderwerke der Natur und versetzen uns zu jeder Jahreszeit in Erstaunen und Begeisterung."

„Das stimmt, die zartweißen Buschwind-Röschen bedecken zum Beispiel den Waldboden so dicht, dass sie an eine weiche blütenweiße Schnee-Decke erinnern und die Maiglöckchen strömen dazu noch so ein betörendes Aroma aus, dass jeder glaubt, eine duftigweiße Schneewolke ist gerade auf der Erde gelandet.
Winterweiße Kastanienblüten können sich sogar in Rosalies rot-braunen Haaren niederlassen.

Dann sehen sie einer Schneekrone sehr ähnlich“ rief Stefanie vergnügt.

„Du hast Recht, es schneit nicht nur im Winter! Die roten Kastanienblüten in Deinen weißblonden Haaren sahen übrigens wie kleine rot eingefärbte Schnee-Flocken aus“ lachte Rosalie.
„Der schneeweiße Flieder setzt übrigens auch viele klitzekleine Sternenblüten zu einer großen Blüte zusammen und die Gänseblümchen auf der grünen Wiese sehen auch wie kleine Plätzchen mit einem sternengoldenen Punkt in der Mitte aus. Bitte, darf ich ein paar lustige Gänseblümchen-Kekse backen?“

„Aber natürlich“ lachte der Weihnachtsmann.
„Mir fällt übrigens bei unserem Gespräch gerade auf, dass die klimperkleinen Zapfenwichtel, rotzipfligen Zipfelmützen-Zwerge und liebenswerten Kobolde, drolligen Hutzelmännchen sowie alle großen und kleinen Wichtel im Märchenwald das ganze Jahr hindurch in einem echten Weihnachts-Kostüm herum laufen.
Meine Uniform ist also eigentlich eine Zwergen- und Wichtel-Bekleidung und hat keineswegs nur etwas mit dem Weihnachtsfest zu tun.

Darauf bin ich tatsächlich gerade erst in diesem Moment gekommen!
Ich könnte mich also als der Schutzpatron der kleinen Wichtel betrachten, da ich ja jetzt auch das ganze Jahr hindurch bei ihnen im Wald wohnen werde.
Wie gut, dass wir uns gemeinsam einmal einige Gedanken über das bevorstehende Weihnachtsfest gemacht haben und zum Schluss noch zu einem wirklich fabelhaften Ergebnis gekommen sind!
Wir müssen daher unbedingt einiges Weihnachts-Gebäck von der fixen Idee befreien dass es nur in der Weihnachtszeit gegessen werden darf.
Das ist doch purer Unsinn!
Ich weiß wirklich nicht, wer einmal auf die Idee gekommen ist, einen Teil der wohlschmeckenden Backwaren nach Weihnachten verschwinden zu lassen. Das müssen wir unbedingt ändern!“

„Ja, der Weihnachts-Stollen, die Spekulatiuskekse Marzipankartoffeln und viele andere Spezialitäten verschwinden leider immer sofort nach dem Weihnachtsfest aus den Regalen.
Das finde ich so traurig, dass ich darüber sogar schon einige Male ein paar Tränen geweint habe“ rief Rosalie.

„Na dann gibt es morgen für Euch und die Mutti allerlei zum Grübeln und Bedenken“ lächelte der Weihnachtsmann.
„Vielleicht erfindet Ihr ja einen neuen Namen für den Weihnachtsstollen, den würde ich auch gerne das ganze Jahr hindurch futtern.
Das kann doch für zwei so fantasiebegabte Kinder wie Euch, keine Schwierigkeiten bedeuten, oder?“

„Da habe ich jetzt schon eine Idee“ rief Stephanie.
„Ein Stollen ist doch eigentlich eine Höhle, dann könnten wir den Weihnachtsstollen doch etwas kleiner backen und ihn in ***„Höhlen-Küchlein“*** umbenennen!“

„Das ist eine Super-Idee, einfach umwerfend, da wäre ich niemals drauf gekommen“ strahlte der frisch gebackene Schutzpatron der Wald-Wichtel.
„Ich habe doch geahnt, Ihr seid zwei echte kleine Zauberkünstlerinnen!
Vielleicht könnt Ihr ja auch Julchen, unserer kleinen Waldmaus aus dem Märchenwald helfen von der es zwei zauberhafte Mäuse-Märchen gibt.
Sie wünscht sich schon recht lange, dass die Kinder beim Zuhören oder Lesen ihrer Märchen auch rosa-rote Mause-Öhrchen knabbern können!

Was meint Ihr, könntet Ihr diesen Wunschtraum wohl noch zusätzlich verwirklichen?“

„Au ja, wir kennen die Märchen und haben das kleine Mäuschen von Herzen lieb“ riefen Stefanie und Rosalie begeistert.
„Wir werden morgen ganz sicher einige rosarote Julchen-Öhrchen in unterschiedlichen Formen und Größen entwerfen und backen.
Wir könnten sogar eine kleine Maus mit rosa Öhrchen aus dem Teig kneten.
Müssen wir nun etwa auch ein ganzes Jahr lang warten bis wir Dich wiedersehen und Dir unsere neuen Werke vorstellen können?
Wie erreichen wir Dich, wenn wir ein Probier-Stündchen im Frühling veranstalten wollen?“

„Nun, mich gibt es natürlich ebenfalls das ganze Jahr“ rief der Weihnachts-Wichtelmann fröhlich.
„Ich bin ab jetzt doch der Beschützer der Zwerge im Märchenwald und kann Euch daher jederzeit besuchen kommen. Mein Kostüm ist ab sofort eine Kleidung für jede Jahreszeit geworden.
Für den Sommer werde ich mir allerdings einen Anzug aus einem leichteren und luftigeren Stoff in der Wichtel-Schneiderei nähen lassen.

Den wärmenden weißen Besatz werde ich auch weglassen, aber sonst kann alles genau so bleiben wie es im Moment ausschaut.
Dann bin ich also ab sofort der

Ober-Wichtel-Märchen-Zwerg!

Ihr müsst mich nur mit Eurem Herzen rufen, dann komme ich so schnell ich kann zu Euch!“

„Au fein, das machen wir“ riefen die kleinen Mädchen fröhlich und waren so aufgeregt, dass der Ober-Wichtel-Märchen-Zwerg Mühe hatte, sie wieder ein klein wenig zu beruhigen.

Die Mutti durfte natürlich auf keinen Fall zu früh aufwachen, denn es sollte ja auch für sie ein unerwartetes Geschenk sein, dass der Kuchenteig schon fertig in der Schüssel darauf wartete, in kleine herzige liebevolle Plätzchen für kleine herzige liebevolle Schätzchen verwandelt zu werden.

Die Mutti von Schneeweißchen und Rosenrot staunte tatsächlich nicht schlecht, als ihre zwei kleinen Prinzessinnen sie mit strahlenden Augen und einem fröhlichen „Guten Morgen Mami“ in der Frühe begrüßten und überhaupt kein bisschen verschlafen oder sogar müde aus den weichen Daunen-Kissen heraus schauten.
Ganz im Gegenteil!
Sie sprühten voll Energie, sprangen schwungvoll aus ihren Betten, umarmten sie stürmisch und rannten dann voller Tatendrang in die Küche, um nachzuschauen, ob ....

Was in aller Welt aber suchten sie?
Wer hatte die beiden kleinen Schlafmützen über Nacht in zwei Energiebündel verwandelt die es gar nicht erwarten konnten, mit der Weihnachts-Bäckerei zu beginnen?
Ja, und dann bekam die Mutti große und erstaunte Augen. Sie schaute sich verwundert in der Küche um und stellte verblüfft fest, dass die kleinen Heinzelmännchen ihr über Nacht wohl einen Besuch abgestattet hatten, denn eine riesengroße Schüssel gefüllt mit bereits fertigem Teig für die wunderschönsten Weihnachts-Plätzchen, stand auf dem Küchentisch und lachte sie an.

Ihre eigenen Zutaten standen unberührt daneben! Das war echte Zauberei, denn alles war backfertig hergerichtet, sie konnte sofort beginnen!

Stephanie und Rosalie hörten überhaupt nicht auf, ihr dieses Wunder wortreich zu erklären, aber die Mutti bestaunte nur völlig fassungslos den perfekt angerührten Plätzchenteig sowie die nagelneuen Ausstechformen, die neben der Schale lagen und die sie in dieser Vielfalt noch nie gesehen hatte.
Es waren Sonne, Mond, Sterne, Tannenbäume, aber auch kleine Blüten, Igel, Mäuschen, Hasen, Schäfchen, Frösche, Eulen Zipfelmützen-Wichtel, Ostereier und sogar ein dicker Brummbär deutlich zu erkennen und alle waren noch nicht benutzt worden und warteten auf ihren ersten Einsatz.
Auch ihre Kinder erkannte sie nicht wieder, sie waren völlig aus dem Häuschen und berichteten von Erlebnissen, die ihr bisher noch niemals begegnet waren.
Sicher befanden sie sich im Moment alle im Land der Fantasievorstellungen und sahen und hörten wundersame Phänomene die sie für echt hielten.

Sogar der Weihnachtsmann stand auf einmal mitten im Raum und lächelte sie freundlich an.

‚Ich glaube, ich träume ebenfalls und bin aus unerklärlichen Gründen irgendwie in den Traum meiner Kinder hineingeschwebt' überlegte die Mutti von Schneeweißchen und Rosenrot.
‚In der Weihnachtszeit geschehen ja bekanntlich die allertollsten Dinge und warum soll nicht auch einmal in unserem Haus der Weihnachtsmann erscheinen um uns seine Botschaft zu verkünden?

Ich höre einfach mal zu, was er zu sagen hat! Vielleicht klärt sich ja ganz schnell alles auf und wir lachen gemeinsam über unseren herrlichen märchenhaften Weihnachts-Wundertraum!

Aber warum soll ich mich nicht auch einmal voller Erwartung und Hoffnung wie ein Kind freuen, auf den Wolken der Fantasie schweben und mich unvorstellbar glücklich und leicht wie eine Vogel-Feder fühlen?'

„Also Weihnachtsmann, was willst Du von uns, wie können wir Dir helfen und warum wendest Du Dich ausgerechnet an meine beiden Mädchen und mich" wandte sich nun die Mutti forsch an den Weihnachtsmann, der noch immer unbewegt und freundlich lächelnd mitten im Raum stand.

„Hast Du Dich verirrt und wir sollen Dir nun den richtigen Weg zeigen und Dir weiter helfen?“

„Verlaufen habe ich mich nicht, aber unterstützen könnt Ihr mich schon, Ihr seid nämlich weit und breit die ersten Menschen die bis jetzt meine Gedanken und Wünsche aufgefangen haben.
Leider ist unsere Zeit aber begrenzt, denn ich muss wieder zurück in den Märchenwald!
Dort wartet ebenfalls noch eine Menge Arbeit auf mich, darum lasst uns sofort mit dem Backen beginnen, dabei erzähle ich Euch dann noch alles Wissenswerte über meine Fragen und Wünsche.“

Während die Mutti und ihre zwei Mädchen sofort eifrig mit dem Ausrollen des Wunder-Teiges und Ausstechen der Plätzchen begannen, holte der Weihnachtsmann tief Luft und versuchte, seine Wünsche noch einmal der Mutter ganz ausführlich darzulegen:

„Nicht nur die Menschen schreiben meterlange Wunschzettel und schicken sie mir, damit ich ihre Wünsche erfülle, nein auch ich trage etwas auf meinem Herzen, dass ich mir ganz dringend von der Seele reden muss“ begann er.

„Ich bin schon sehr lange auf der Suche nach einem Menschen oder einer Familie, die sich meine Wunsch-Träume anhört, sie versteht und bereit ist, mit mir gemeinsam eine Lösung zu finden um sie dann auch in die Tat umzusetzen.
Das ist mir heute geglückt, ich habe zwei reizende kleine Mädchen und eine Mutter gefunden!

Das war mein Weihnachts-Wunder!

Das Wichtigste habe ich ja bereits mit Rosenrot und Schneeweißchen besprochen und wir haben gemeinsam beschlossen, die Weihnachtsbäckerei nach den Feiertagen nicht in der Versenkung verschwinden zu lassen sondern sie in eine echte Frühlings-Bäckerei umzuwandeln.
Die tollen Rezepte der einzigartigen Leckereien müssen in Zukunft also das ganze Jahr über allen Menschen zur Verfügung stehen und dürfen nicht wieder von der Bildfläche verschwinden.
Warum die Menschen ganz bestimmte Gebäck-Sorten, Torten und Naschereien nur in der Weihnachtszeit essen dürfen, war nämlich für mich und all die fleißigen Wichtel, die diese Leckereien ebenfalls im Wald herstellen ein echt großes ungelöstes Geheimnis.

Wir waren alle verwirrt und konnten bisher keinen Grund für dieses Verbot finden.

Schneeweißchen und Rosenrot haben mir nun glaubhaft versichern können, dass sie und ihre Freunde sich über diesen komischen Brauch ebenfalls schon lange Gedanken gemacht haben und ebenfalls zu keiner Lösung gekommen sind.

Das war der erlösende Zaubersatz für mich, den die beiden Mädchen ausgesprochen haben:

Es gibt keinen wirklichen Grund!

Wir haben also sofort begonnen, uns passende Namen für die neuen Kreationen auszudenken, damit wir jetzt alle gemeinsam zur Tat schreiten können.
In meiner Teigschüssel, die ich mitgebracht habe, befinden sich also genau die Zutaten, die bisher nach dem Weihnachtsfest nicht mehr verwendet werden durften.
Wir fertigen jetzt aus genau diesem Teig ein schmackhaftes Frühlings- und Sommergebäck mit fantasievollen neuen Namen, die wir uns zum Teil bereits schon gemeinsam ausgedacht haben! "

Nach dieser Erklärung ließ sich die Mutti mit ihren zwei Mädels nicht zweimal bitten, sondern begann sofort mit ihren Kindern gemeinsam das Frühlings- Sommer- Herbst- sowie auch Winter-Weihnachts-Gebäck zu formen.

So entstanden unter ihren sehr fleißigen Händen: Mauseöhrchen, Schneeweißchen- und Rosenrot-Plätzchen, Höhlen-Küchlein und Gänseblümchen-Kekse sowie all die verschiedenen Arten, die sich die Kinder schon ausgedacht hatten und die sie jetzt mit den Ausstechformen aus dem Kuchenteig zaubern konnten.
Alle drei hatten glühendrot gefärbte Wangen und ihre Augen glänzten genau wie Wunderkerzen am Weihnachts-Baum oder wie die ersten Frühlings-Sonnenstrahlen am lichtblauen Himmelszelt.

Der Schnee, der Schnee, der Schnee,
der tut mir gar nicht weh!

Wird es kalt in der Luft
und jeder fühlt den schweren Duft,
dann gibt’s Schnee, dann gibt’s Schnee,
es wird weiß, soweit ich seh’!

Ja, die Frage ist schon alt:
„War es dem Wasser etwa kalt?
Zauberte es blitzgescheit
sich ein warmes weißes Kleid?“

Und als die große Kälte kam,
hat sich ein Wunder dargetan,
es gefror das Wasser schnell
zu Kristallen leicht und hell!

In der schönen Winterzeit,
wenn es nächtelang mal schneit,
dann erfreut sich Groß und Klein,
so wird’s heut und immer sein!

Der Schnee, der tut mir gar nicht weh!

Es schneit im Märchenwald

Es war einmal kurz vor dem Weihnachtsfest, als es leise zu schneien begann und der Märchen-Wald mit einer daunenweichen, flauschigen Schnee-Decke langsam zugedeckt wurde.

Alle Tannen, Fichten, Kiefern sowie Laubbäume standen vollkommen bewegungslos da, damit die kleinen Schneeflocken ja nicht von ihrem Tannen-Kleid oder den total winterkahlen Ästen herunter purzeln und sich auf dem gefrorenen Waldboden wehtun oder gar verletzen konnten.
Erst als eine weiche Schneeschicht den gesamten Erdboden wie mit einem flauschigen Flokati-Teppich bedeckt hatte, befreiten sich die Zweige von ihrer dichten Schneelast, um den nächsten herunter segelnden Flocken Platz zu machen.

Es war mucksmäuschenstill, denn sogar der Wind hielt seinen Atem an, um die zauberhafte Winter-Märchen-Pracht nicht durcheinander zu wirbeln.
Die Tiere des Waldes lagen ebenfalls beschaulich und friedlich auf ihren Lagerstätten, denn sie hatten sich frühzeitig zur Ruhe begeben.

Sie wollten sich auf die morgige Weihnachtsfeier sanft und still einstimmen.
Den Spatzen, Meisen, Krähen, Raben sowie allen gefiederten Piepmätzen, die im Märchen-Wald ihren Winter-Urlaub verlebten, war diese Stille allerdings nicht ganz geheuer, denn der erste Schnee im Jahr war immer ein großes Ereignis.

Sie flatterten daher aufgeregt um die Wipfel der Bäume und veranstalteten durch ihr unruhiges Flügelschlagen so ein Getöse und Gebrause, dass jeder Wald-Bewohner, und sei er noch so schwer von Begriff, ahnen musste, dass irgend etwas besonders Aufregendes in der Luft liegen musste.

Einer nach dem anderen kam daher neugierig aus seiner Behausung gekrochen, steckte seine Nase in das Schnee-Gestöber und murrte:
„Was in aller Welt ist hier los?
Was soll der Trubel, seid Ihr von allen guten Geistern verlassen?

Verklickert uns jetzt nur nicht, dass es schneit!

Auch, wenn dies eine Freudenbotschaft ist, so sind wir im Moment noch nicht aufnahmebereit.

Es berechtigt Euch daher nicht uns bei dem letzten erholsamen Schlaf vor unserer großen und bedeutenden Feier zu stören und uns aus unserer warmen und wohligen Schlafstätte zu scheuchen. Warum also das Getue um ein bisschen Schnee?“

„Das ist sehr wohl ein Anlass, Euch Dampf zu machen und aus den Betten zu jagen, denn die kleine Anhöhe neben unserer Tannenlichtung ist schon mit einer dicken Schnee-Schicht bedeckt! Wir müssen nur noch die weichen Flocken festtreten und eine klitzekleine Verlängerung bauen, dann besitzen wir eine Rodelbahn direkt bis hinein in unsere kleine, geheime Lichtung“ erklärte Friedolin, der Märchenfrosch, der die Botschaft der Vogelschar sofort verstanden hatte.

„Und wozu soll das gut sein“ piepsten ein paar Mäuschen ängstlich.
„Wir kommen mit unseren kleinen Füßchen doch weder auf die Anhöhe hinauf, noch wieder heil herunter, das ist für uns viel zu gefährlich, das sollte Dir doch wohl klar sein!“

„Darüber macht Euch mal keine Gedanken“ beruhigten einige Zipfelmützen-Zwerge.

Sie befanden sich auf dem Weg zur Waldbühne um die Schneebretter zu holen, die sie mit Hilfe der Zwerge, Gnome, Trolle und Hutzelmännchen aus den Resten, die vom Bau des Knusper-Häuschens übrig geblieben waren, für alle gebastelt hatten. Diese wollten sie nun schnell aus dem Versteck holen und verteilen.
„Nehmt Eure Beine in die Hand und macht Euch ebenfalls hurtig auf den Weg zur Rodel-Bahn“ drängten sie.

„Wir wollen nämlich noch unbedingt vor dem Märchen-Bären dort sein, um ihn mit großem Hallo zu begrüßen.“

„Der pennt bestimmt noch, träumt selig von der morgigen Weihnachtsfeier und hat von dem Spektakel nicht das Geringste mitbekommen“ wisperten die Tannen, Fichten und Kiefern ein wenig vorwurfsvoll.
„Er darf übrigens jetzt nicht gestört werden, denn er trägt doch die größte Verantwortung von uns allen und muss sich endlich mal ausruhen!“

„Wetten, dass er schon vor uns eingetroffen ist“ quakte Friedolin, der Märchenfrosch.

Er hatte sich einen dicken Wollschal um den Hals gebunden, um sich ja keine dumme Erkältung einzufangen. Für diese Weihnachtsfeier hatte er sich nämlich vorgenommen, unbedingt unter den ersten Gästen zu sein und daher vor Aufregung noch kein Auge zugetan, die Schneeflocken sofort bemerkt und sich bei dem Lärm der Vogelschar in Windes Eile auf den Weg gemacht.
„Also, macht Euch ebenfalls auf die Socken und folgt mir geschwind wie der Wind“ quakte er fröhlich und sprintete schnell wie ein geölter Blitz auf und davon.

Alles, was Beine und Flügel hatte, folgte ihm so hurtig, wie es überhaupt nur möglich war.

Zum Glück hatten die Zwerge schon kräftig Schnee geschippt und einen schmalen Pfad für die kleineren Tiere angelegt, auf dem sie bequem zur Anhöhe neben der Tannenlichtung laufen, hüpfen oder sogar springen konnten.
Die Mäuschen holten nun auch schnell ihre Pudel-Mützen und machten sich ebenfalls auf den Weg.

Tatsächlich! Der Märchen-Bär war schon an Ort und Stelle!

Er begrüßte alle fröhlich mit einem aufgeräumten, begeisterten Brummen und bewarf die ersten Waldbewohner mit kugelrunden, äußerst locker geformten Schnee-Bällen.
Natürlich verschonte er die kleinen Knirpse mit seinem winterlichen Gruß und befeuerte nur die Hasen, Füchse, Rehe, Eichhörnchen und Wild-Schweine, die ziemlich groteske und kuriose Sprünge vollführten, um den feucht-fröhlichen Wurf-Geschossen auszuweichen.

Die klimperkleinen Zapfenwichtel und alle Neu-Ankömmlinge staunten und schlackerten mit den Ohren, denn der Märchen-Bär hatte tatsächlich schon begonnen mit seinen Riesen-Pranken die Rutschbahn zu verlängern und den losen Schnee festzutreten, sodass jeder, der jetzt eintraf, sofort behilflich sein konnte.
Dadurch entstand ein arges Getümmel, Gewusel, Geschiebe, Gedrängel sowie ein Durcheinander, wie es der ruhige Märchenwald lange nicht mehr erlebt hatte.
Jeder versuchte jetzt nämlich, dem Märchen-Bären tatkräftig zur Seite zu stehen und zappelte und strampelte sich gehörig ab bis alle Arbeit zur Zufriedenheit erledigt war.

Nur die Zwerge, Butzemänner, Gnome, Trolle sowie ihre Brüder und Gehilfen waren nirgends zu entdecken!
Ob sie sich etwa davongeschlichen hatten, um sich vor den Anstrengungen zu drücken?
Nein, ganz im Gegenteil!
Sie tauchten plötzlich fröhlich singend aus dem Dickicht auf und schleppten kleine Schneebretter, Skier sowie Rodelschlitten herbei.
Ihnen folgte ein Vehikel, das von vier kräftigen Hirschen gezogen wurde.
Auf ihm lagen Rodel-Schlitten sowie diverse Snowboards für die größeren und kernigen Tiere, die alle ebenfalls aus farbig bemalten Holzresten gewerkelt waren und die Heinzelmännchen zogen einen Bollerwagen, der mit bunt eingepackten Päckchen prallvoll gefüllt war.
Diese Fuhren sahen so lustig aus, dass es allen Tieren heftig in den Beinen und Händen kribbelte, weil sie die fahrbaren Untersetzer und die vielen Geschenke natürlich am liebsten auf der Stelle ausgepackt und ausprobiert hätten.
Der Märchen-Bär schaute verwundert von seiner Arbeit auf, denn die ausgelassene Stimmung kam ihm ein wenig unheimlich vor.„Ich kann Euch ja verstehen“ brummte er dann.

„Ihr habt die Ladung mit den Überraschungen für die Weihnachtsfeier entdeckt, aber die Präsente werden erst morgen ausprobiert und ausgepackt, Eure Aufregung ist also ganz umsonst!
Die Fracht muss schnellstens wieder im Versteck verschwinden. Das ist doch wohl klar!“

„Nein“ riefen die Tiere einstimmig!
„Wir müssen heute erst einmal eine Generalprobe abhalten, sonst wissen wir ja nicht, ob wir morgen genügend Schnee-Fahrzeuge für alle haben, das ist nun mal so!
Eine Generalprobe muss einfach sein, denn sie ist das Wichtigste überhaupt!“

„Na, wenn das so ist, dann lasst uns ranklotzen, damit wir schnell fertig werden!
Vergesst aber auf keinen Fall die Schneemänner mit den Mohrrüben-Nasen, sie gehören ebenfalls noch zu unserer Dekoration!

Wenn alles fertig ist, habe ich nichts dagegen, wenn wir uns auf die Piste begeben und einen Probelauf starten.
Sollten die Bretter nicht reichen, wird einfach der Hosen-Boden zweckentfremdet, einverstanden?“

„Keine Angst, wir haben mehr als genug Schnee-Untersetzer hergestellt!
Keiner muss sein Hinterteil benutzen, was denkst Du nur von uns“ schmollten die Zwerge.

„Na, dann ist ja alles paletti“ lachte übermütig der Märchen-Bär.
„Ich schätze, in einer halben Stunde sind wir startbereit, denn mit so einer unglaublichen Geschwindigkeit haben wir uns noch nie bewegt und ins Zeug gelegt.
Ich bin zutiefst beeindruckt, das ist einfach überwältigend und sehr beeindruckend.“

Die Wichtel-Frauen hatten in der Zwischenzeit alle Tannen, die rechts und links die Rodelbahn säumten, mit leuchtenden Kerzen und goldenen Sternen geschmückt. Zum Glück hatte es auch aufgehört zu schneien sodass der Spaß beginnen konnte.
Der frisch gefallene Schnee begann nun, im Silber-Mondenschein märchenhaft zu glitzern und zu strahlen dass es eine wahre Pracht war.

Dann war es endlich soweit!

Die Spatzen, Meisen, Krähen, Raben sowie alle gefiederten Lebewesen stürzten sich als erste auf die Schnee-Gleiter, da sie mächtige Angst hatten, von dem Vergnügen ausgeschlossen zu werden.
Sie hatten ja Flügel und mussten sich daher nicht in Fahrzeugen befördern lassen.

Sie durften aber trotzdem mitmachen, nur mussten sie sich zu Mehreren auf einem Brett drängeln, weil einer allein ja wirklich viel zu leicht war und herunterpurzeln würde.

Als sich endlich jeder einen fahrbaren Untersatz organisiert hatte, quietschten die Mäuschen vor Vergnügen, denn sie hatten den Märchen-Bären entdeckt!
Er hatte sich als Weihnachts-Bär verkleidet und sauste auf einem besonders stabilen Brett mit einem riesigen Jute-Sack auf dem Rücken, den Abhang hinunter, gefolgt von den ersten mutigen Waldtieren.

Als er glücklich gelandet war, bestaunte er die Tannen, die direkt vor der Lichtung standen und mit ihren funkelnden Kerzen roten Äpfeln und Lebkuchen fröhliche Weihnachten verkündeten.

Schneemänner mit lustigen Tüchern, Mützen sowie Zylindern auf dem Kopf und einer Mohrrüben-Nase mitten im Gesicht und einem Reisig-Besen im Arm, standen vor und auf der Lichtung und vervollständigten die fröhliche und liebevolle Weihnachts-Dekoration.

Die goldenen Sterne flammten glückstrahlend vom nachtblauen Himmelszelt und warfen ihr güldenes Licht auf die Rodel-Bahn.
Der gute, alte Mond lachte warmherzig und wohlgemut über das runde Vollmond-Gesicht, als er die froh gestimmte Schar erblickte und meinte:
„Ein Glück, dass Frau Holle eine Ruhe-Pause eingelegt hat, sonst hätten meine Sternenkinder und ich keinen Durchblick durch den dichten Schneewirbel gehabt und von dem Spaß nichts mitbekommen!“

„Ja, der Mond hat Recht, werweiß, ob morgen auch noch so ein ideales, klares und strahlendes Wetter herrscht, wie in diesem Moment.

Lasst uns daher unsere Generalprobe genießen, Tee trinken, Lebkuchen futtern und Spaß an der Freude haben“ brummte der Märchen-Bär.

„Ja“ tönte es aus jedem Winkel des Waldes und der weite Himmel sowie die schneebedeckte Erde leuchteten vergnügt und zufrieden im Glanz des Schneezaubers und Sternen-Lichtes.

„Und nun her mit dem Weihnachtsgebäck“ rief der Märchen-Bär übermütig.
„Übrigens, was meint Ihr, würden sich die Menschen-Kinder an diesem Winterspaß genauso erfreuen oder fänden sie alles recht närrisch?“

„Also, wenn ich meine Meinung dazu äußern darf“ begann der Neunmalschlaue Rechtsberater Herr Rabe Rabenschwarz.
„Ich bin ziemlich sicher, sie würden ein wenig hochnäsig auf uns herab schauen, denn sie haben natürlich viel bessere Sportgeräte, Rodelschlitten, Schnee-Berge, Tannenbäume sowie Weihnachts-Märkte mit allem dazugehörigen Schnickschnack, Krimskrams, Hokuspokus und Firlefanz.
Außerdem besitzen sie so fantastische, supertolle, coole und astreine Eislaufflächen sowie Rodel-Bahnen und Schneelandschaften wie Ihr sie Euch nicht einmal im Traum vorstellen könnt. Was ich alles auf meinem Ausflug in die Stadtmitte von Berlin gesehen habe, ist kaum zu glauben.

Allein von den temperierten sowie illuminierten Eisflächen, den tollen Musik-Anlagen sowie den elektrischen Weihnachtsbeleuchtungen könnt Ihr Euch keinen Begriff machen.
Ihr würdet staunen, wie fantastisch die Wochen vor Weihnachten bei den Menschen ablaufen."

„Aber sind die Menschen-Kinder auch genau so fröhlich, entspannt und ausgelassen wie wir jetzt" quakte Frosch Friedolin wissbegierig.
„Du erlebst uns doch gerade, Rabe Rabenschwarz. Sag uns die reine Wahrheit, Du Besserwisser und Klugredner!"

„Ja, wir wollen hören, wie es in Wirklichkeit in den Herzen der Menschen aussieht" mümmelten aufgeregt die kleinen und großen Hasen.
„Du musst wahrheitsgetreu berichten, denn Du bist nach Recht und Gesetz dazu verpflichtet, weil Du unser Rechtsbeistand bist!
Also, raus mit der Sprache, sind sie glücklicher? Na, Du weißt schon, wie wir es meinen!"

„Nein, das sind sie natürlich nicht" krächzten die Krähen aufgeregt. „Wir haben uns das Spektakel natürlich auch ganz genau angeschaut.

Seid sicher, unsere Feiern und unser Gebäck kann kein einziger Mensch auf der ganzen weiten Welt überbieten, keiner!
Und noch eins, der gute alte Mond mit seinen goldenen Sternenkindern ist auf dem Weihnachts-Markt überhaupt nicht zu sehen, nur Scheinwerfer und elektrische Glühbirnen!
Sogar der Schnee ist nicht immer echt, oft wird er künstlich mit einer Schneemaschine hergestellt und auf die Dächer und Rodelbahnen geblasen!
Wir haben uns daher auch schnell wieder aus dem Staube gemacht!"

„Ja" nickte der Märchen-Bär zustimmend.
„Das ist tatsächlich der wahre Sachverhalt.
Ich glaube, unsere Freude ist einfach größer und echter, weil wir den Ablauf unserer Feste alle miteinander erdacht und dann auch noch selbst gestaltet haben. Wir sind also an allem, was hier im Wald geschieht mit unseren Herzen beteiligt.

Vielleicht können wir ja morgen unsere Märchen-Menschen-Kinder ganz genau ausfragen, wie sie feiern und was ihnen am meisten Freude bereitet.
Heute wollen wir jedoch fröhlich unser bekanntes und beliebtes „Schneefest" feiern.

Es muss immer genau dann gefeiert werden, wenn der erste Schnee vom Himmel fällt.
Leider ist dieses Ereignis diesmal genau einen Tag vor der Weihnachtsfeier mit unseren Märchen Kindern gefallen, so dass wir alle morgen schon wieder feiern müssen!!!

Werdet Ihr das überhaupt aushalten und auch noch einmal rechtzeitig aufwachen oder sollten wir die Feier absagen?"

„Wie kommst Du nur auf so einen verrückten Gedanken" quakte Friedolin und ein paar Tränen kullerten aus seinen Augen.
„Ganz ohne unsere Märchen-Kinder kann ich mir Weihnachten doch überhaupt nicht vorstellen."

„Aber das war doch nur eine Spaß-Frage.
Natürlich begrüßen wir unsere Gäste schon in ein paar Stunden" lächelte gerührt der Märchen-Bär und drückte Friedolin liebevoll an sein Herz.
„Das Weihnachts-Gebäck und die Geschenke für morgen liegen übrigens gut versteckt an einem Ort, den nur ich kenne.

Du musst Dir also keine Sorgen machen!"

KING OF
LOVE

Kleine Dingelchen für kleine Schlingelchen

Es war einmal in den äußerst geheimnisvollen Tagen ganz kurz vor dem Weihnachtsfest, als der Märchen-Bär auf seinem Stammsitz, einem recht ehrwürdigen alten Baumstumpf saß und auf seine Wald-Bewohner wartete, die er zum allerletzten streng geheimen Weihnachts-Gebäck-Probekosten eingeladen hatte.
Alles, was Beine und Flügel hatte, war auch pünktlich auf die Minute in der kleinen, geheimen Tannen-Lichtung eingetroffen, denn zu diesem einzigartigen Glanzpunkt so kurz vor dem Fest wollte natürlich niemand zu spät kommen.

„Welche unvergleichliche, unnachahmliche und einzigartige Leckerei wird wohl dieses Jahr von uns zum Lieblingsgebäck gewählt werden, das wir den Menschen-Kindern schenken“ flüsterten sich die Tiere und Pflanzen neugierig einander zu.
Wie würde die Überraschung wohl aussehen?

Eigentlich war es ja fast unmöglich, noch etwas Außergewöhnliches zu finden!

Seit es diesen Probiertag gab, hatten sich in jedem Jahr alle beim Backen bereits schon so sehr angestrengt dass es absolut nichts Erstmaliges Neues oder noch nie Dagewesenes mehr geben konnte.
Trotzdem, der komplette Wald strömte seit Tagen schon einen abenteuerlich spitzenmäßigen Wohl-Geruch aus, der tatsächlich als aus dem Rahmen fallend, bemerkenswert und nicht alltäglich zu erklären war. Es musste sich diesmal wahrhaftig um eine ganz herausragende Spezialität handeln, denn so vorzüglich hatte es im Märchenwald bis jetzt wirklich noch nie geduftet.
Stimmte das nun tatsächlich oder bildeten sich dies einfach nur alle ein, weil ihre Gesichtserker zur Weihnachtszeit ganz besonders feinfühlig reagierten und speziell dann wenn es um das Erschnuppern oder Erschnüffeln hervorragender Leckerbissen ging?
Nun, auf jeden Fall warteten die kleinen Lecker-Mäulchen erwartungsvoll und ungeduldig auf den Moment, dass Friedolin mit seiner zahlreichen Verwandtschaft endlich das Riesen-Tuch, das über die geheimnisvollen Probier-Häppchen gespannt war, verlassen und den Blick auf das Wunder-Backwerk freigeben würde.

Es war wirklich zum Lachen drollig wie die Wasser-Panscher als Umrahmung das ausladende froschgrüne Tuch einsäumten so dass auch nicht der leichteste Hauch das allerkleinste Zipfelchen bewegen oder gar hoch heben konnte.
Der Wind hatte es zwar schon ein paar Mal versucht aber es war ihm nicht gelungen, so sehr er sich auch bemühte, harmlos, treuherzig und unschuldig auszuschauen, wenn er das erstklassig gesicherte Stück Stoff umrundete, um die Quak-Frösche für einen kleinen Augenblick abzulenken. Sie hockten so sicher und fest auf ihrem Hinterteil als wären sie dort angewachsen.
Es war absolut unmöglich, sie zu überlisten.

Da, auf einmal zuckte und flackerte ein bisher unbekanntes türkisfarbenes Licht durch die kleine Tannenlichtung, das alle in ein geheimnisvolles, märchenhaftes Gefühl tauchte.
Der Lichtstrahl formte sich zu einem zarten, wunderschönen, bezaubernden und strahlenden Himmelskörper, der einem kleinen Sternen-Kind äußerst ähnlich sah. Er wirkte jedoch noch einen kleinen Tick ungewöhnlicher sowie unbekannter auf die verdutzte, sprachlose und völlig verblüffte vorweihnachtliche geheime Probier-Gesellschaft.

„Ich bin das winterweiße Weihnachts-Sternen-Elfenkind und soll Friedolin und den kleinen grasgrünen Wasserpanschern helfen, das funkelnagelneue Backwerk zu beschützen."

Das Sternenkind mit dem dunklen Locken-Kopf, auf dem ein goldener Stern funkelte, trug ein recht kurzes, weißes Kleidchen mit Flügelärmchen, das in viele Falten gelegt war und den zierlichen Körper wie ein luftiger, duftiger flockiger Schnee-Ball umschmeichelte.
Es war so luftig und kurz, dass es nicht mal die Beine bedeckte.
Das Elfenkind trug auch keine Schuhe, so dass Friedolin sofort besorgt bemerkte:

„O weh, Du wirst Dir bestimmt eine Erkältung einfangen! Der Waldboden ist doch recht kühl, außerdem auch noch recht holprig und voller Steine sowie anderen dummen Dingen, die so kleinen zarten Füßchen bestimmt nicht gut tun."

Das Sternenkind schaute Friedolin nun mit samtweichen Augen an, die genau so unergründlich wie sein Froschteich leuchteten und kam dann einen Schritt näher auf ihn zu.

Nun stand es ganz dicht vor Friedolin und lächelte so liebevoll, dass er wie Butter in der Sonne langsam dahin schmolz.
Seine Beine wurden sogar weich wie Bienen-Wachs und wenn der Märchen-Bär ihn nicht hilfreich mit seiner kräftigen Tatze gestützt hätte, wäre er tatsächlich aus den Latschen gekippt.
Der Kreislauf macht seinem Namen nämlich alle Ehre und kreiste wie wild durch seinen Körper, so dass er das Sternenkind nur noch nebelhaft und undeutlich erkennen konnte.

Wie aus weiter Ferne hörte er die warme, voll klingende singende Stimme und fühlte, wie es ihm gefühlvoll zärtlich besorgt und voller Hingabe mit seinen türkis schimmernden, hauchzarten Elfen-Flügeln, kühle Luft zufächelte und dabei erklärte:
„Wir Sternenkinder haben unbekleidete Beine und Füße weil wir durch unsere innere Leucht-Kraft und Wärme federleicht über den Waldboden schweben können und dadurch vor der klirrenden Winter-Kälte ausreichend geschützt sind.

Ich habe übrigens noch eine kleine Weihnachts-Überraschung für Euch auf meinem Tuch hierher getragen, schaut nur!“

„O weh“ riefen alle rotzipfligen Zipfelmützen-Zwerge äußerst bestürzt.
„Die zwei kleinen Dingelchen auf Deinem Tuch sind ja sehr winzig und ihre kleinen Flügel und Kleidchen haben schon eine zart lila Färbung angenommen! Sicher ist es ihnen doch zu kalt geworden, denn hier auf der Erde kann man sich schon manchmal blau und lila frieren, das ist uns mit unseren äußerst empfindlichen Nasen auch schon recht oft passiert!“

„Nein, bleibt nur alle locker und entspannt, den lieblichen Sternen-Kindern geht es blendend.
Sie wollten nur unbedingt die Probierfeier mit dem neuen Schnee-Gebäck, das genau wie eine luftige Schneeflocke ausschaut und zart auf der Zunge zergeht, miterleben und sind durch ihre große Sehnsucht zu klitzekleinen, blinkenden und funkelnden Sternschnuppen geworden.
Durch den Schreck, sich auf einmal auf einem unbekannten Waldboden wieder zu finden, waren sie nur ein wenig durcheinander und verwirrt.
Natürlich hat der gute, alte Mond schon lange vorher ihr Verlangen gefühlt, da der Wohlgeruch aus dem Märchenwald bis zu ihm und seinen Sternenkindern empor gestiegen war.

Er hatte daher für die beiden auch rechtzeitig hauchzarte Elfen-Flügel bereit gelegt, damit sie beschwingt und heiter die Reise auf die Erde antreten konnten.
Die heruntergelassene Himmelsleiter, auf der die etwas älteren Sternenkinder herunter kletterten, um alles besser im Blick zu haben kam ihnen dann zu Hilfe und die große Freude, Aufgeregtheit und Unruhe ihrer Geschwister sorgte ebenfalls dafür, dass sie tatsächlich unbemerkt entwischen konnten.
Sie waren aber keine einzige Sekunde außer Reichweite meiner Strahlkraft, so dass sie immer von mir beschützt und behütet wurden."

„Da sind wir aber alle überglücklich" stöhnte der Märchen-Bär erleichtert.
„Bei uns auf Erden gibt es übrigens den Glauben dass sich jeder etwas wünschen darf, der eine Sternschnuppe vom Himmel fallen sieht.

Nun dürfen wir uns alle zu unserer Weihnachts-Feier noch etwas besonders Schönes und Liebes erhoffen, denn für uns sind ja heute sogar zwei echte Stern-Schnuppen mitten hinein in unsere geheime kleine Tannen-Lichtung gefallen!"

„Der Wunsch muss aber ein Geheimnis bleiben, sonst geht er nicht in Erfüllung“ säuselte der Wind äußerst geheimnisvoll und besorgt.
„Das habe ich von den Menschenkindern gelernt. Euer Herzens-Wunsch verabschiedet sich nämlich in Windeseile auf Nimmerwiedersehen, wenn Ihr ihn ausplappert!
Das wollte ich nur noch hurtig bemerken, ehe es für Euch alle zu spät ist!“

„Du findest doch wirklich immer ein Haar in der Suppe“ quakte Friedolin aufgebracht.
„Aber diesmal hast Du echt Pech gehabt, denn unsere Wunsch-Träume sind bereits in Erfüllung gegangen.
Du kommst daher mit Deinem dummen Spruch zum Glück viel zu spät.
Wir haben uns nämlich alle zu dieser Weihnachts-Feier von Herzen etwas Liebevolles, Wunderbares sowie Zauberhaftes gewünscht und das ist ja nun bereits geschehen!
Lasst uns daher jetzt ausgelassen feiern und dieses Glück von Herzen genießen!“

„Unser Klugschwätzer Friedolin hat mal wieder Recht“ hechelte der raue Winterwind verlegen.

„Ich verdrück mich lieber und schaue nach, ob sich irgendwo noch eine Überraschung versteckt.“

„Nein, bleib hier und rühr Dich nicht vom Fleck“ riefen die Sternen-Kinder ängstlich und besorgt aber es war mal wieder zu spät!
Der aufgeplusterte und hitzköpfige Wind pumpte bereits seine Lungen voll Luft, sauste mit einer imponierenden Geschwindigkeit dreimal um die kleine Lichtung, um sich dann wie ein Habicht herunterzustürzen und den verdutzten Fröschen das bislang gut gehütete und behütete Geheimnis zu entwenden.
Er schaffte es auch tatsächlich, den kleinen Wasserpanschern das Tuch wie ein berühmter Zauberer unter den Füßen wegzuziehen und ihnen eine nicht geringe Anzahl der Weihnachtsgebäck-Stücke zu stibitzen.
Triumphierend legte er dem Märchen-Bären seine recht beachtliche Beute vor die Füße und wartete dürstend auf eine Belohnung.

Prickelnd voller Erwartung, glückselig, gespannt mit zerzaustem Kopf und einem noch nie erlebten Hochgefühl schaute er nun sehnsuchtsvoll, Herz bewegend und gefühlsselig in die Runde.

Alle waren über seinen Eifer und seine echte Freude tief gerührt und brachten es nicht übers Herz etwas Unfreundliches sagen.
Sogar Friedolin flüstere kaum vernehmlich mit einer weihnachtlich klingenden versöhnlichen und froschteichreinen Stimme:
„Alle Wetter, Du hast es doch tatsächlich wieder geschafft, mit Deinem unerklärlichen Spürsinn die einmalig sensationelle Überraschung für unser heutiges Fest schon vor dem vereinbarten Start-Zeichen zu lüften.
Wir wollen Dir das aber verzeihen, denn wir sind ja alle ebenfalls so gespannt und aufgeregt, dass wir es kaum noch aushalten können.
Von mir bekommst Du daher keinen Verweis sondern eine ganz dicke Belohnung, das ist doch in diesem Fall so klar wie Froschteich-Wasser!“

Und dann vollführte Friedolin einen so einmaligen sensationell hohen Luftsprung, dass allen Wald-Bewohnern vor Schreck die Spucke im Mund weg blieb und gab dem struppigen und kratzbürstigen Winter-Wind einen ausgiebigen Weihnachtskuss.
Natürlich keinen gewöhnlichen, dieser war eine echte Delikatesse, ein geräuschvoller, liebevoller feuchter Dauerbrenner!

Er landete direkt mitten auf dem schwabbeligen Bauch des ungebändigten, wilden Winterwindes.

„So, das war jetzt von mir ebenfalls eine einmalige Weihnachts-Sensation, die ich ganz bestimmt nie wiederholen werde, auch wenn Ihr noch so sehr darum bettelt“ erklärte Friedolin den ungläubig drein schauenden Waldbewohnern.

Der raue Winterwind konnte durchaus zart und mitfühlend sein, was aber nicht bemerkt werden sollte, denn es war ihm sehr wichtig, dass er mit Respekt und Achtung behandelt wurde.
Darauf legte er großen Wert und führte sich daher auch manchmal etwas ruppig und struppig auf.
In diesem Moment war er jedoch daunenweich, gefühlvoll und überglücklich.
Ja, er hatte sogar ein paar klitzekleine Tränen in seinem wallenden Vollbart, die in der Lichtung funkelten, als ob er sich für das Fest mit ein paar Edel-Steinen geschmückt hätte.
Auch der Märchen-Bär schluckte ein paar Mal heftig, ehe er erklärte: „Ich sehe jetzt ein, Ihr alle konntet es überhaupt nicht mehr aushalten!
Ich habe meine Überraschung wohl doch ein wenig zu lange hinaus gezögert.

Also, hiermit gebe ich offiziell das Weihnachts-Gebäck frei, wir dürfen es nun alle ganz ausgiebig begutachten sowie probieren.
Zum Schluss muss natürlich jeder verraten wie die Lecker-Bissen unseren rotzipfligen Zipfelmützen-Zwergen in diesem Jahr gelungen sind!“

„Halt, bevor Ihr mit der Probierparty beginnt, möchte ich Euch aber noch mitteilen, dass ich meine kleinen Sternenkinder heute wieder mit nach Hause nehmen muss“ mischte sich nun der runde, gute Vollmond ein!
„Sie können nämlich keine Wünsche erfüllen!
Wie Ihr seht, brauchen sie sogar Hilfe und sind auf Eure Liebe und Fürsorge angewiesen.
Ihr habt jetzt selbst erlebt, dass nicht immer alles stimmt, was Euch die Fantasie vorgaukelt.“

„Da bin ich aber überglücklich, dass Du unsere entzückenden Sternenkinder wieder einsammelst“ stöhnte Friedolin erleichtert. „Sie sind für unser hartes Wald- und Erdenleben doch nicht so richtig geeignet. Ich glaube, das haben wir eingesehen!
Ich hatte schon Sorge, was wir machen, wenn sie Sehnsucht nach ihren weichen Wolkenbettchen bekommen und ihre Geschwister vermissen!

Ich verstehe jetzt, dass wir Erdenbewohner nur träumen, wenn wir wirklich glauben, dass diese schutzbedürftigen kleinen Sternschnuppen-Kinder unsere Wünsche erfüllen können!“

„Ja, das sehe ich genau so“ lächelte der Märchen-Bär. „Lasst uns daher endlich die kleinen Dinger aus der Nähe betrachten, die unsere Wasser-Panscher so lange Zeit gegen unsere neugierigen Blicke verteidigt haben.

Dazu hatten sie aber auch tatsächlich jeden erdenklichen Grund, denn wenn ich mir diese kleinen Dinger jetzt aus der Nähe betrachte, bin ich mehr als verwundert, denn das sind überhaupt keine Dinge sondern klitzekleine Dingelchen, die der kleinste Windhauch wegpusten kann.

Ich will damit sagen:

Das sind kleine Dingelchen
für kleine Schlingelchen!

Für mich sind sie jedenfalls so klein, dass ich erst einmal meine goldene Brille aufsetzen muss um sie überhaupt richtig wahrzunehmen!“

„Du sollst sie ja auch nicht anschauen sondern probieren“ erklärte Friedolin nun fachmännisch. „Schnuppere erst mal dran, dann wirst Du Deine Meinung schnell ändern, denn schon das kleinste Dingelchen verströmt einen so großartigen Duft wie er bisher noch nie geschnuppert wurde.
Nicht umsonst hat unser Wald schon wochenlang so einen famosen, hinreißenden Duft verströmt!“

„Na, dann will ich mal als erster testen, ob dieses Dingelchen wirklich hält was es uns verspricht!“

Mit diesen Worten legte der Märchen-Bär ganz vorsichtig eins der kleinen Dingelchen auf seine große Bärenzunge.
„Potztausend, dieses kleine zauberhafte, schneeweiße, flockenkleine, sehr knusprige Weihnachts-Gebäck ist tatsächlich so zart, dass es schon auf der Zunge zerschmilzt und es vermittelt mir ein Gefühl von Winterzauber, Glockengeläut, luftigen Schnee-Flocken, die vom Himmel fallen und auch noch einen Hauch von Tannenduft, Zimtsternen, Lebkuchen, Honigschnitten und Stern-Schnuppen! Es ist ein echter Leckerbissen der von unseren rotzipfligen Zipfel-Mützen-Zwergen mit sehr viel Feingefühl hergestellt wurde.

Ein inniges Dankeschön daher allen, die an der Zubereitung beteiligt waren, sie haben uns mit dieser Delikatesse ein einmaliges Glücks-Gefühl beschert.
Probiert es nur, Ihr werdet sofort guter Dinge sein und Euch beschwingt, glücklich und natürlich wie im siebten Himmel fühlen!
Glaubt mir, ich übertreibe nicht, diese kleinen Dingelchen sind ein glanzvoller Freudenspender.
Auch wenn sie uns klitzeklein erscheinen, so ist ihr Wert doch völlig überwältigend, umwerfend und verblüffend.
Sie sind einfach große Klasse, sensationell, meisterhaft, fantastisch, einsame Spitze und eine Wucht in Tüten!
Es gibt bestimmt noch viel mehr wunderbare Worte, die diese kleinen Dingelchen beschreiben könnten, aber mir fallen keine mehr ein, sie sind einfach traumhaft schön.
Wie Ihr seht, kommt es also nicht darauf an, wie groß und eindrucksvoll ein Geschenk äußerlich erscheint, wichtig ist nur, ob es voll Liebe und Herzenswärme ausgesucht und hergestellt wurde.
Und das allerwichtigste ist doch, dass wir sie bis jetzt geheim halten konnten und sie auch bei der ersten Probierparty nicht entdeckt wurden.

Diese kleinen Dingelchen sind tatsächlich von unseren kleinen rotzipfligen Schlingelchen für alle großen und kleinen Menschen- und natürlich Wald-Schlingelchen das beste und allerschönste Weihnachtsgeschenk in diesem Jahr.
Es kann daher von keiner auch noch so kostbaren weihnachtlichen Gabe übertrumpft werden.

Lasst es uns also bei Mondenschein und Sternen-Gold gemeinsam mit unseren Sternschnuppen-Kindern sowie allen großen und kleinen Wald-Bewohnern dieses Gebäck dankbar genießen und uns auf die bevorstehenden weihnachtlichen Tage, die noch vor uns liegen, glücklich einstimmen!

Wir wollen daher nun unbeschwert, friedlich und dankbar die gemeinsamen Stunden verleben, die uns vom Leben geschenkt wurden denn sie sind das größte Weihnachtsgeschenk das es auf dieser Welt gibt.

Nur gemeinsam können wir das Weihnachts-Wunder erleben und jeder trägt sein kleines Stückchen dazu bei, dass daraus ein festes Band der Nächstenliebe zu jedem Lebewesen auf Erden entstehen kann!“

„Ja, lasst uns feiern, dass wir heute friedlich beisammen sein dürfen“ quakte Friedolin fröhlich und legte gleich mehrere kleine Dingelchen auf seine wirklich sehr lange und klebrige Zunge.

Mit einem lauten Schmatz ließ er sie dann den Hals hinunter in seinen vor Aufregung leicht vibrierenden Bauch gleiten.
Danach verdrehte er genussvoll seine Augen und ließ sich mit einem leisen Stöhnen auf den Rücken fallen.

Ja und genau so machten es ihm alle Waldtiere sofort nach und der Silber-Vollmond und alle goldenen und silbernen Sterne am nachtblauen Firmament staunten und wunderten sich über das seltsame Gebaren so sehr, dass sie tausendmal heller blinkten und funkelten als in jeder anderen Winter-Nacht vor Weihnachten.

Die klimperkleinen Zapfen-Wichtel

Endlich war es Nachmittag geworden und ein kräftiges Glocken-Geläut rüttelte die Waldtiere des Märchenwaldes aus ihrem Mittagsschlaf.
Sie erinnerten daran, dass nun in Kürze die lang ersehnte frohe Weihnachtsfeier mit den Märchen-Kindern Oliver und Ramona beginnen würde.

Ein gewaltiges Getöse ließ alle sofort putzmunter werden und vor ihre Behausungen laufen, um nachzuschauen, was dieser Krach bedeuten sollte.
Ehe sie aber überhaupt zu einer Überlegung fähig waren, hob der Wind alle ein klein wenig empor und blies sie dann mit einer Geschwindigkeit zur geheimen Tannenlichtung, dass jeder nur glauben konnte, ihm wären plötzlich Flügel gewachsen, die ihn sicher in Windeseile zur Weihnachtsfeier schweben ließen.
Der Märchenbär und die Märchen-Menschen-Kinder Oliver, Ramona, Friederike und Rosalie die bereits schon eingetroffen waren, konnten vor Staunen kein einziges Wort zur Begrüßung herausbringen.

Alle waren so verblüfft, dass sie die fliegenden Gäste nur mit verwunderten Augen bestaunen konnten. So etwas hatten sie noch nie gesehen!
Hasen, Rehe, Mäuschen, Eichhörnchen, Zwerge, Igelchen, Fliegenpilze, Frösche, ja einfach alle Waldbewohner segelten durch die Luft, landeten wohlbehalten wieder auf ihren Füßen und lachten und quietschten voller Vergnügen.

Die Vogelschar schaute nicht minder verstört auf die fixen Flugkörper, die holterdiepolter in Null Komma nichts, ruck zuck mit Karacho durch den Wald sausten und vor ihren Augen auch noch sicher und geübt landeten, als hätten sie sich in ihrem ganzen Leben auch nur eine Sekunde lang irgendwie anders fortbewegt.

Sogar der Herr Professor Uhu und der Herr Rabe Rabenschwarz schauten verwundert, rieben sich die Augen und glaubten zu träumen, denn dass es außer der gefiederten Vogelschar noch vierbeinige Waldtiere in ihrem Revier gab, die ohne Flügel fliegen konnten, hatte keiner von ihnen geahnt!
Nicht einmal der Mond kannte dieses Geheimnis, obwohl der doch nun ziemlich alles wusste, was auf Erden geschah.

„Es besteht wirklich kein Grund zur Aufregung" beruhigte der Märchen-Bär. „Allerdings müssen wir uns erst einmal alle ein wenig erholen!
Die stürmische Begrüßung unseres Brausewindes hat uns erheblich durcheinander geschüttelt!
Das war in der Tat eine echte Glanzleistung!
Komm also wieder hinter den Tannenbäumen hervor, Du unruhiger Geselle!
Du musst Dich doch nicht verstecken, ganz im Gegenteil! Du hast uns alle gleich in eine äußerst spannungsgeladene Überraschung geschubst, das war wirklich ein gelungener Auftakt zu unserer Feier!
Ich bin begeistert, sei also nicht verschnupft und setz Dich zu uns, damit Du die nächsten freudigen Ereignisse nicht verpasst, denn davon gibt es heute jede Menge.
Doch nun darf erst einmal jeder von uns so viel Weihnachtsgebäck und Lebkuchen naschen, wie er vertragen kann. Außerdem darf sich die ganze Gesellschaft auch noch etwas in die Backen-Hosen oder Kleider-Taschen stopfen und mit nach Hause nehmen.
Und während wir gemeinsam Weihnachtsgebäck naschen, wird uns der Mond Gesellschaft leisten.
Ist das ein Überraschungs-Angebot?"

„Ja wir sind dabei“ riefen alle Tiere gut gelaunt und reichten einander die Pfötchen.
Sie hielten sich ganz fest, zum Zeichen dass sie sich wohl und zufrieden fühlten.
Der gute, alte Mond schob nun den purpurfarbigen Wolken-Vorhang zur Seite und erschien über das volle runde Vollmond-Gesicht glücklich lächelnd am nachtblauen Firmament, denn so eine lustige Weihnachts-Gesellschaft hatte er schon lange nicht mehr erlebt.

Auch die Sternenkinder blitzten und funkelten so hell und freudig, dass es auf einmal taghell wurde und der Märchen-Bär in seine Jackentasche fasste, um seine Sonnen-Brille hervorzuholen.
Darüber mussten alle herzlich lachen, wurden dann aber wieder mucksmäuschenstill, weil ein silberhelles Weihnachtsglöckchen erklang und der Märchenbär ein Zeichen gab, worauf das Musik-Orchester, das sich hinter den Tannen versteckt hatte, hervorkam und an alle Besucher rote Zipfel-Mützen verteilte.

Die Märchenkinder Oliver und Ramona halfen ihnen dabei, denn sie hatten sich diesen Spaß ja auch ausgedacht.

Zur Eröffnung der Weihnachtsfeier sollten die Märchen-Kinder und natürlich so viel Tiere wie möglich mit einer rotzipfligen Weihnachtsmütze bekleidet sein.
Das führte noch einmal dazu, dass erneut ein fröhliches Gelächter ausbrach, denn es dauerte eine ganze Weile bis jedes Tier eine Mütze in der richtigen Größe gefunden hatte. Na ja, auf jeden Fall in einer ungefähr für ihn passenden Form.
„So“ brummte der Märchen-Bär. „Nun haben wir uns alle weihnachtlich verkleidet und können endlich unsere Weihnachtsfeier eröffnen.

Oliver und Ramona haben als erste den Eingang zu unserer geheimen, kleinen Tannen- Fichten- und Kiefern-Lichtung entdeckt und wir haben schon einige wundervolle Feste gemeinsam feiern können. Uns verbindet jetzt ein festes Band der Liebe zu allen unseren Märchen.“

„Und der Mond erzählt einige Märchen sogar auf seinen Reisen um die Erde“ quakte Friedolin fröhlich und voller Stolz!
„Mein neues Märchen vom Froschkönig kennen inzwischen mindestens genau so viele Kinder wie es Frösche im Teich gibt!“

„Ja, das stimmt“ brummte der Märchen-Bar.
„Alles, was wir uns einmal gewünscht haben, ist tatsächlich in Erfüllung gegangen.
Wir sind echte Glückspilze und haben den Wald gemeinsam wieder fröhlicher, märchenhafter und vertrauter, interessanter sowie auch liebevoller umgestalten können. Unsere märchenhaften Menschen-Kinder Oliver und Ramona haben uns bei dieser Arbeit geholfen und ich hoffe, dass wir gemeinsam hier noch recht viele wundervolle Märchen-Stunden erleben können.“

In diesem Moment rauschten die Tannen und Fichten plötzlich so heftig, dass alle staunend nach oben schauten und es kaum fassen konnten, was der Wind sich nun schon wieder ausgedacht hatte.
Völlig unbemerkt hatte er sein Schutzdach in der Mitte geöffnet, kurvte jetzt elegant und ruhig über der kleinen Lichtung und zog etliche kleine Windkissen hinter sich her.
Es waren feuerrote Zipfelmützen zu sehen, die im silbernen Mondenlicht leuchteten und blitzten.
Es sah tatsächlich so aus, als ob er statt einer Ladung Schnee, sogleich rote Zipfel-Mützen auf die Erde werfen würde.

„Womit hast Du denn jetzt Dein Windkissen-Flugzeug beladen“ riefen neugierig die Wald-Bewohner und Märchenkinder!

„Wie ich sehe, habt Ihr überhaupt nicht mehr daran gedacht, dass heute der Tag ist, an dem die klimperkleinen Zapfen-Wichtel ihren bekannten Weihnachts-Marsch vorführen“ stöhnte der Wind. „Sie waren leider so mit ihren Vorbereitungen beschäftigt, dass sie überhaupt nicht bemerkt haben, dass der Wald auf einmal ratzekahl leer gefegt war, denn ich hatte ja alle Waldbewohner bereits in die Tannen-Lichtung befördert aber sie völlig übersehen und vergessen.

Nun sah ich die kleinen Kerle jedoch aufgeregt durch den Wald stolpern und mir war sofort klar, dass sie es alleine niemals schaffen würden, noch rechtzeitig zu ihrem Märchen, dass Du doch zur Eröffnung vorlesen wolltest, hier anzukommen.
Du wolltest doch jetzt das Märchen von unseren klimperkleinen Zapfenwichteln, das wir uns alle so sehnlich gewünscht haben, vorlesen, oder?“

„Na klar, Du hast mal wieder meine Gedanken erraten“ lächelte der Märchen-Bär glücklich.

„Los, komm herunter und lass die kleinen Wichtel wieder frei, ihnen ist bestimmt bei Deinem Tempo ganz schwindelig geworden.
Wir müssen sie natürlich erst einmal beruhigen ehe ich vorlesen kann.“

„Sind das etwa die Wichtel, denen einmal die Mützchen vom Doktor Uhu festgeklebt wurden“ fragte Oliver neugierig.

„Na klar“ quakte Friedolin.
„Darum wollte der Märchen-Bär jetzt auch das Abenteuer der kleinen Glücksbringer erzählen, denn das war wirklich ein selten dummer Streich, den sich unser Herr Doktor Uhu da geleistet hat.

Inzwischen ist er zum Glück wieder vernünftig geworden aber damit so etwas niemals mehr passieren kann will der Märchenbär nun in jedem Jahr dieses Märchen zur Erinnerung vorlesen.
Das ist doch der Grund, oder?“

„Ja genau, uns allen ist das Erlebnis damals sehr zu Herzen gegangen und damit so etwas niemals mehr passieren kann, will ich gemeinsam mit den kleinen Wichteln in jedem Jahr daran erinnern.

Und damit keiner von Euch jemals auf so einen dummen Streich hereinfallen kann, will ich auch jetzt die Geschichte, die ich selbst erlebt habe und die von der Märchen-Omi für alle Menschen aufgeschrieben wurde, gleich zum Beginn unserer außergewöhnlichen märchenhaften Weihnachts-Feier vorlesen. Zur Begrüßung unserer klimper-kleinen Zapfen-Wichtel werden wir jetzt aber erst einmal alle gemeinsam ein Lied für sie singen.

Allerdings warten wir noch bis Ihr die kleinen Kerle eingesammelt und auf die weichen Moos-Kissen gesetzt habt, damit sie völlig entspannt das Lied sowie auch das folgende Märchen mit uns gemeinsam richtig genießen können."

Der Märchenbär, der wundert sich,
der Märchenbär, der wundert sich!

Die Zapfenwichtelparade
irrt durch den Märchenwald
und stößt sich an den Köpfen,
dass es im Wald laut schallt!

Sie haben sich die Mützen
gezogen ins Gesicht,
damit sie keiner findet,
doch nun sehen sie selbst sich nicht!

Sie wollten es kaum glauben,
wie sehr sie einst verwirrt
doch heute wollen sie warnen,
wie schnell man sich mal irrt.

Die Zapfenwichtelparade
irrt durch den Märchenwald
und stößt sich an den Köpfen,
dass es im Wald laut schallt!

Der Märchenbär, der wundert sich!
Der Märchenbär, der wundert sich!

Es war einmal ....

Und ich glaube, es war so ungefähr 7 Tage vor einem Weihnachtsfest, als sich der Märchen-Bär auf seinem vertrauten Stammsitz, einem recht arg verwitterten, urigen Baumstumpf niederließ und gutgelaunt sein bärenstarkes Brummen ertönen ließ, damit seine Freunde wussten, dass es wieder etwas sehr Wichtiges zu beratschlagen gab.

In der Zwischenzeit, bis die ersten Waldbewohner eingetrudelt waren, machte er sich jedoch erst einmal winterfest, indem er seine roten Ohren-Wärmer, die er unter dem schwarzen Bären-Hut trug, fest über beide Ohren zog, damit ihm der kalte Winter-Wind seine Horcher nicht blutrot oder sogar blitzblau einfärben konnte.

Es war nämlich überraschend sehr kalt geworden!

Obwohl sein Baumstumpf gut geschützt unter einem dick mit Schnee bedeckten Kastanienbaum stand, der dicht von Tannen- und Kiefernbäumen umgeben war und der Wind ihm daher nicht so um die Ohren pfeifen konnte wie auf dem freien Feld, fröstelte er doch recht arg.

Zur Belustigung seiner rund um ihn stehenden Nadelbaum-Zuschauer plusterte er daher sein Fell erst einmal fachmännisch auf, indem er seine Backentaschen prall mit Luft füllte, diese ein wenig anwärmte, gezielt durch seine gespitzten Lippen wieder wie eine wohlig warme Frühlings-Brise ausatmete, um sie dann bedächtig durch sein dichtes Winterfell zu pusten.

„Ach ja“ seufzte er erleichtert.
„So eine erholsame kleine Eigen-Massage tut gut, hoffentlich lassen sich meine Zuhörer noch ein wenig Zeit, damit ich mich richtig in Form und auf Trab bringen kann.“

Leider war dem Märchen-Bären diese Ruhepause aber nicht mehr vergönnt, denn etwas äußerst Urkomisches kreuzte sein Blickfeld, raubte ihm die Konzentration und ließ seinen gerade frisch eingeatmeten und mühsam angewärmten Luft-Strom wieder aus dem Mund entweichen.

Voller Staunen ließ er seine Futterluke so lange offen, bis sich die Zähne schneeweiß färbten, kalt wie eine Eis-Scholle am Nordpol anfühlten und wie eine Windmühle zu klappern begannen.

Ein federleichter Schneeflocken-Regen, der sanft vom Kastanienbaum herunterschwebte und sich wie eine daunenweiche Kaschmir-Decke um ihn schmiegte, beruhigte ihn schließlich wieder und er betrachtete nun stolz seinen neuen weiß melierten Pelzmantel.
Für einen kleinen Augenblick fühlte er sich fast genau so berühmt wie sein Kollege aus dem Eis, der mit vielen Preisen ausgezeichnete Buch- und Filmstar Knut, dem er jetzt tatsächlich mit etwas Fantasie zum Verwechseln ähnlich sah.

Das schneeweiße Bärenfell beunruhigte einige Krähen aber so sehr, dass sie echauffiert und laut krächzend die Wipfel der Bäume umkreisten.
Bestimmt hätten sie vor Schreck und Erregung über kurz oder lang auch noch die Fassung sowie ihr Gleichgewicht verloren und wären entnervt auf die Erde gepurzelt, wenn nicht ein starker Wind-Stoß dem Spuk wieder ein Ende bereitet hätte.
Nun saß wieder der normale und im Märchenwald beliebte Märchenbär auf dem Baumstumpf und schaute verwundert in den Himmel weil er sich den plötzlichen Lärm und das aufgewühlte erregte Flügelschlagen der Krähenschar überhaupt nicht erklären konnte.

‚Das liegt ganz sicher an meinen schicken und eleganten Ohren-Wärmern' brummte er amüsiert. ‚Hätte niemals gedacht, dass ich damit so viel Aufsehen errege, aber das flammende Rot meiner Klappen signalisiert der Umwelt sicher Frohsinn, Begeisterung, Heiterkeit und gute Laune.
Hallo, wie komme ich eigentlich auf all diese Charakterzüge?
Ich kann die Wärmekissen für meine Horcher ja überhaupt nicht sehen und doch beschreibe ich die Farbe gerade so genau, als ob ich sie direkt vor Augen hätte.
Ach ja, ich kann mich wieder erinnern!
Irgendetwas hatte meine Gefühlswelt vor ein paar Minuten völlig durcheinander gebracht und ich kann nur hoffen, dass es nur ein Fantasie-Gebilde war, das mich narrte, weil mein Gehirn trotz der Ohren-Schützer durch einen Luftzug zu stark durchgepustet wurde.

O weh, ich habe mich doch nicht geirrt, denn leider sehe ich noch immer unzählige verworrene und wild durcheinander huschende, leuchtend rote kleine Irr-Lichter vor mir. Ob der wilde Winter-Wind einige Glückskäfer, die in der Kastanie überwintert haben, herab geweht hat?

Nein, ich glaube doch eher, ich halluziniere, denn obwohl hier unter der Kastanie nur ein einziger Fliegenpilz wohnt, sehe ich jetzt auch noch ganz klar und deutlich etliche dieser Pilze um den Baum schleichen.
Ich bin närrisch geworden, denn karminrote Flämmchen auf kurzen Beinen, die herumirren, sich gegenseitig anrempeln, umfallen und wieder aufstehen, um dann das ganze Spiel noch einmal von vorne zu beginnen, sind mir in meinem langen, aufregenden und abenteuerlichen Bären-Leben bisher noch nicht begegnet.

Vielleicht vertreiben sich diese mir unbekannten Wesen ja nur ein wenig die Langeweile, spielen Verstecken oder ein neues, verrücktes Spiel, das ich noch nicht kenne und es besteht daher auch überhaupt kein Grund zur Beunruhigung.
Oder etwa doch?
Nein, das kann ich mir nicht länger ansehen!
Ich muss diesem Spuk ein Ende setzen, sonst verletzten sich diese unbeholfenen Winzlinge noch ernstlich. Ich muss mir gleich so einen roten Irrwisch schnappen, wenn er etwas näher kommt und in Ruhe anschauen' beendete der Bär sein Selbstgespräch.

Er verhielt sich mäuschenstill, um die mysteriösen Lichtgestalten nicht zu erschrecken oder gar zu verscheuchen und tatsächlich, die rätselhaften kleinen Kerle kamen immer näher und einige purzelten sogar vor seine Füße, so dass er sich nur ein klein wenig bücken musste, um einen der roten Unruhestifter in seinen Pfoten zu halten.

„Potz Bär“ lachte er belustigt.
„Das ist ja ein echter, mopsiger, pummeliger, kugeliger und ausgereifter Kienapfel!
Oder etwa doch nur eine Sinnes-Täuschung?

Nein, ich kann deutlich erkennen, dass der Zapfen-Wichtel über Beine, Arme und ein Gesicht mit einer Knubbel-Nase verfügt, auf dem Kopf eine lange, glutrote Zipfel-Mütze trägt, deren Spitze bis auf die Erde reicht und in einer Hand einen leuchtend roten Fliegenpilz mit schneeweißen Tupfern balanciert.
Ich glaube, ich kann jetzt auch erahnen, warum die klitzekleinen Kerle pausenlos hingefallen sind, ihre Mützen sind viel zu lang, sie müssen ja bei jedem Schritt darauf treten und stolpern.
Allerdings könnten sie ja ihre Augen aufmachen und besser aufpassen!

Nein, das gibt es doch nicht!
Die Gucker sind vollständig bedeckt, die Mütze ist bis zur Nase heruntergezogen.
Was bedeutet denn dieser Unsinn?"

„He kleiner Wicht" brummt der Bär bestürzt.
„Was immer Du hier treibst, ich will Dich mit meinen großen, unbeholfenen Pfoten auf keinen Fall verletzten oder Dir wehe tun, aber könntest Du vielleicht Deine Kopfbedeckung ein ganz klein wenig hochziehen und mir mal kurz in die Pupillen schauen?"

„Wieso, kannst Du mich etwa sehen?
Das ist doch völlig unmöglich" entrüstete sich ein feines, aufgebrachtes, ja beinahe fassungsloses und entsetztes Stimmchen.

„Warum sollte ich Dich denn nicht wahrnehmen" staunte der Bär.
„Deine kleine signalrote Zipfelmütze leuchtet doch so klar und hell wie ein Glühwürmchen in einer warmen Sommernacht.
Du und Deine kleinen Gesellen sind nicht zu übersehen, selbst ein halbblinder Maulwurf kann Euch erspähen, so viel Licht strahlt Ihr aus.

Es funkelt und blitzt auf dem Waldboden genau so hell und geheimnisvoll wie hoch droben am nachtblauen Firmament.
Allerdings mit einem kleinen Unterschied:
Am Himmel leuchten die güldenen und silbernen Sterne. Ich weiß aber nicht, was den Boden unter mir zum Glühen bringt!“

„Aber, das ist doch überhaupt nicht möglich“ stotterte das kleine Kerlchen noch immer völlig verwirrt und verstört.
„Du kannst mich überhaupt nicht sehen, denn ich sehe Dich ja auch nicht!
Wer bist Du eigentlich?
Bist Du etwa ein Hellseher, Zauberer, Magier oder Taschenspieler?
Du kannst nur eine übernatürliche Erscheinung sein, denn Du kannst Unsichtbares erblicken!“

„Nein, das ist weder eine unerklärliche Zauberei, wundersame Begebenheit noch ein Mysterium oder Rätsel, sondern ein völlig einleuchtender, logischer Vorgang“ lächelte der Berliner Bär.
„Zieh Deine Strick-Mütze ein wenig hoch, dann wirst Du mich erkennen, denn Du hast mich schon etliche Male neugierig beäugt.

Als Du noch bei Deiner Mutter im Kiefern-Baum baumeltest und zum Glück noch nicht hektisch durch den Wald geirrt bist, hast Du mich immer mit einem kecken Augenzwinkern gegrüßt, Du kleiner, rot bemützter Zapfen-Wichtel."

„Was, Du kannst mich trotz meiner Zipfelmützen-Tarnkappe erkennen?
Keiner kann das, keiner!

Verrate mir endlich, wer Du bist, ich bekomme schon Fracksausen, Gummibeine und eine ganz schrumplige Haut vor Angst" bettelte der fipsige Kienapfel-Knirps.

„Ich bin doch der Märchen-Bär mit den feuerroten Ohrenklappen unter dem attraktiven, sportlich-feschen, rabenschwarzen Bären-Hut.
Ich ziehe meine Kopfbedeckung aber nicht über meine Augen, weil ich Dich dann nämlich nicht in Augenschein nehmen könnte.
Also, lass den Unsinn und bugsiere Deine Mütze endlich nach oben, damit Du mir ebenfalls in die Augen schauen kannst, Kleiner."

„Das geht nicht, die Mütze ist doch festgeklebt.

Da der wilde Winterwind schon einige Tage wild herum tobt, wir aber auf unseren Weihnachts-Marsch auf keinen Fall verzichten wollten, hat Professor Uhu unsere Zipfel-Mützen einfach fest gekleistert, damit sie uns nicht wegwehen.
Außerdem hat er uns versprochen, dass sich die Kopfbedeckungen durch diesen raffinierten Trick in echte Tarn-Kappen verwandeln und uns völlig unsichtbar machen.
Von diesem Zauber-Kunststück kann er uns allerdings erst wieder in einer Vollmond-Nacht erlösen, so lange müssen wir nun leider warten.
In ein paar Tagen ist es aber wieder so weit, dann ist Vollmond und wir werden erlöst."

***„Und Ihr glaubt wirklich allen Ernstes,
dass Euch keiner sehen kann,
wenn Ihr ihn nicht sehen könnt?"***

entsetzte sich der Märchen-Bär.

„Na klar, in dem schlauen Menschen-Buch, in das wir vorher einen Blick werfen durften, steht es doch schwarz auf weiß, dass der Vogel Strauß bei Gefahr den Kopf in den Sand steckt, um für seine Feinde unsichtbar zu werden.

Das ist doch noch viel unangenehmer, dagegen ist unsere Methode doch spitzenmäßig, oder?“

„Aber das ist doch nur eine ganz dumme Lügen-Geschichte, Du treuherziger, gutgläubiger Zapfen-Wichtel“ beruhigte ihn der Bär und streichelte ganz vorsichtig und liebevoll mit der Rückseite seiner kräftigen Bärentatze über das Köpfchen seines ratlosen, klitzekleinen Freundes.

„Der Vogel Strauß ist überhaupt nicht so dumm, seinen Kopf bei Gefahr in den Sand zu stecken, das haben ihm die Menschen nur angedichtet.
Er sucht ganz normal seine Nahrung im Erdreich und weil er so einen langen Hals hat sieht es ein wenig komisch aus wenn er sich bückt.
Darum haben die Menschen ihm diese Redensart aufgehalst, ans Bein gebunden oder in die Schuhe geschoben! Es ist also nur ein Schabernack oder Ulk, auf den Ihr hereingefallen seid.
Was mache ich aber nun mit Dir und Deinen Kumpeln, Ihr seid ja völlig außer Atem, total erschöpft und durchgefroren.
Kann ich überhaupt mit Euch reden, Eure Zipfel-Mützen bedecken die Ohren doch genauso wie die Augen, wie soll ich mich bemerkbar machen?“

„Mach Dir darüber mal keine Sorgen, ich habe jedes Wort verstanden“ besänftigte der Steppke den Berliner Bären.
„Auch meine Brüder sind jetzt ganz entspannt und locker, denn sie haben alles mitbekommen, was Du gesagt hast. Wir können uns zwar nicht sehen, aber wir fühlen und verstehen uns trotzdem.“

„Nun, wenn das so ist, dann ruht Euch erst einmal ein wenig aus“ lachte der Märchen-Bär.
„Ich werde jetzt sanft einen nach dem anderen hochheben und in mein warmes, weiches Winter-Fell setzen, denn dort seid Ihr sicher, behütet und beschützt. Anschließend trage ich Euch dann ganz vorsichtig nach Hause, denn Ihr seid jetzt meine Schützlinge und ich bin Euer Schutzpatron.
Bitte, verratet mir zum Schluss aber noch warum jeder von Euch einen leuchtend roten Fliegen-Pilz mit weißen Punkten in den Händen hält!“

„Na, das sind doch kleine Glückspilze“ riefen im Chor die klimperkleinen Zapfenwichtel.
„Die Glückspilze sowie unsere gesamte Wichtel-Tracht wurde übrigens in der Werkstatt der Zwerge, Wichtel, Kobolde, Gnome, Trolle sowie Hutzel-Männchen entworfen und hergestellt.

Sie alle haben uns so herausgeputzt und somit klimper-kleine völlig unscheinbare Kienäpfel in märchenhafte Glücksbringer verwandelt.
Wir bekamen für unsere Verwandlung auch noch handgestrickte, lange rote Zipfel-Mützen, wollweiße Rauschbärte aus Schafwolle und natürlich rote Fliegen-Glückspilze mit weißen Punkten in die Hand gelegt.
Die Schafwolle für die dichten vollen Backenbärte wurde übrigens extra gewellt und gekräuselt und unsere Jacken und Mützen haben die Zwerge mit rotem Beerensaft eingefärbt, erst dann konnten sie in stundenlanger Kleinarbeit in erdbeerrote Woll-Jacken sowie leuchtend johannesbeerrote Zipfel-Wichtel-Mützen verwandelt werden."

„Die lustigen Glückspilze hättet Ihr auf dem Weihnachts-Probemarsch aber doch besser zu Hause lassen sollen" brummte der Märchen-Bär.
„Ihr konntet ja nicht einmal Eure Hände benutzen, um Euch zu orientieren, wo ein Baum im Weg steht oder gar ein dicker Bär herumsitzt.
Auf jeden Fall hat Euch der Uhu mit seiner Flunkerei einen dicken Bären aufgebunden.

Das ist Euch doch wohl klar, oder?"

„Sagst Du uns jetzt auch wirklich die Wahrheit“ fragte die kleine Schar bestürzt.

„Aber natürlich, ein Märchen-Bär lügt niemals!
Er ist immer aufrichtig, ehrlich und hilfsbereit zu allen schwachen und hilfsbedürftigen Geschöpfen, wenn sie einmal in der Klemme stecken oder gar in seinem Fell sitzen.
Jetzt dürft Ihr aber nicht mehr traurig sein, denn für mich seid Ihr die lustigsten, liebenswertesten und drolligsten Gesellen, die mir je begegnet sind und alle Pflanzen, Tiere und Menschen werden sich riesig freuen, wenn sie Euch erblicken.
Ihr seid wirklich herzige Glücksbringer und wer Euch sieht, muss einfach froh gestimmt und guter Dinge sein.

So, und jetzt bringe ich Euch zum Uhu!
Er muss sofort die angeklebten Mützchen mit seinem Spezial-Wundermittel lösen und Euch wieder erlösen. Es kommt überhaupt nicht in Frage, dass wir damit bis zur Vollmondnacht warten, das sind nur dumme Flausen, die Ihr überhaupt nicht ernst nehmen dürft.“

„Was sind dumme Flausen?“

„Wir kennen nur Flusen, aber die meinst Du doch sicher nicht“ erkundigten sich neugierig die klimperkleinen Zapfenwichtel.

„Nun, Flausen sind Dummheiten, Spinnereien, Albernheiten, Verrücktheiten und einfach nur Unsinn, Unfug und Quatsch.
Sucht Euch das schönste Wort davon aus, alle sind richtig und meinen dasselbe.
Ich hoffe, Ihr habt das verstanden und alle, die dieses Märchen hören oder lesen, ebenfalls!“

Und so geschah es, dass der Märchen-Bär nicht nur mit seinen roten Ohrenklappen bei den Wald-Bewohnern große Bewunderung erregte, nein, auch sein Abenteuer mit den klimperkleinen Zapfenwichteln, das er natürlich jetzt auf jeder Weihnachts-Feier erzählen muss, wurde ein echt großer Glanzpunkt und Knüller!

Außerdem waren sich alle einig, dass diese Geschichte niemals in Vergessenheit geraten darf und immer zur Weihnachtszeit vorgetragen werden muss damit so ein Miss-Geschick niemals wieder geschehen kann!

„Und so ist es bis heute geblieben, die Geschichte mit den klimperkleinen Zapfenwichteln muss ich immer wieder erzählen“ beendete der Bär sein weihnachtliches Märchen, das die Märchen-Omi inzwischen für alle Menschen aufgeschrieben und in ein dickes Märchenbuch gezaubert hat.

„Ja, und noch etwas ist Tradition im Märchenwald geworden“ lächelte er versonnen.
„Unsere klimperkleinen Zapfenwichtel haben es sich zur Regel gemacht in jedem Jahr genau zu Weihnachten ihren Weihnachts-Gedenkmarsch zu veranstalten und zwar mit ihren roten Zipfel-Mützen die bis auf die Erde reichen und mit ihren Glückspilzen in den Händen!“

„Aber sie ziehen sich bei ihrem Umzug die Mützen doch wohl nicht wieder über die Augen?
So verrückt kann doch keiner sein, um diesen Unsinn auch noch jedes Jahr zu wiederholen“ quakte Friedolin aufgebracht.
„Ich passe ab jetzt auf sie auf und werde ihnen die Flausen für immer austreiben!“

„Na, die Gelegenheit hast Du ja schon mal richtig verpennt“ lächelte der Märchen-Bär belustigt.

„Hast Du Deine Augen heute etwa noch nicht richtig geputzt?
Wie kannst Du mir sonst wohl erklären, dass Du es nicht bemerkt hast, dass bei unseren kleinen Wichteln heute erneut die Mützen fest über beiden Augen sitzen?“

„Tatsächlich! Wie ist das nur möglich, dass mir diese Tatsache entgangen ist?
Der Wind hat aber auch eine recht pralle Ladung kleiner Kerle über uns ausgekippt, so dass ich einfach angenommen habe, dass ihnen die Mützen beim Sturz auf den Waldboden verrutscht sind.
Wie kann ich denn darauf kommen, dass sie diesen Unsinn noch einmal wiederholen?“

„Aber Friedolin, überleg doch mal!
Das Wort Gedenkmarsch sagt doch ganz klar und deutlich, dass sie heute daran denken, was ihnen damals passiert ist.
Aber Du kannst beruhigt sein, sie haben sich jetzt kleine Schlitze in ihre Mützen geschnitten, damit sie alles erkennen können.

So dumm sind die kleinen Kerlchen nun doch nicht, dass sie sich erneut in Gefahr begeben.

Heute ist übrigens genau der Tag, an dem sich die Sache einmal zugetragen hat.
Ihr seht, dies ist für uns ein doppelter Feiertag und Ihr seid genau, ohne es zu wissen, auch pünktlich zu diesem Ereignis erschienen!“

„Und seit dem Tag, an dem Du den Waldtieren die Geschichte von den klimperkleinen Zapfen-Wichteln das erste Mal erzählt hast, haben die Tiere des Waldes Dich ganz offiziell für alle Zeit zum Märchen-Bären erklärt!
Sie dachten zuerst natürlich, dass Du Dir diese Geschichte nur ausgedacht hast und nichts davon wirklich geschehen ist“ lachte Oliver.

„Ja, aber dann mussten sie einsehen, dass sich alles tatsächlich genau so abgespielt hat.
Seit dem Tag treffe ich mich übrigens regelmäßig mit der Märchen-Omi in der kleinen Lichtung.
Ich erzähle ihr dann, was sich bei uns im Wald ereignet hat und sie berichtet mir dann ebenfalls etliche kuriose Dinge von den Menschen, die sie erlebt hat“ erklärte der Märchen-Bär.

„Und jetzt erleben wir gemeinsam mit Dir auch etliche verrückte Geschichten“ ergänzte Oliver.

„Wir sind inzwischen auch alle Märchen-Figuren geworden, das finde ich übrigens super-toll!
Ich bin echt gespannt, was wir heute noch zu hören bekommen. Gibt es überhaupt noch ein Märchen für uns?“

„Darüber mach Dir mal keine Gedanken, heute erlebt Ihr noch mehr als genug“ lächelte der Märchen-Bär amüsiert.
„Jetzt müssen wir uns aber erst einmal um unsere kleinen Irrwische kümmern, sie ein wenig mit unseren Leckereien verwöhnen und ganz lieb streicheln sowie herzen, denn ihnen steckt sicher noch die aufregende Fahrt in luftiger Höhe in ihrem Kiefernzapfen-Kleid.

Außerdem schlage ich vor, dass sie ihre Glücks-Pilze zur Erinnerung an diesen Winter-Festtag an uns alle verteilen dann haben sie auch ihre Hände frei zum Futtern.
Was haltet Ihr von meiner Idee?“

„Na, die ist mal wieder Spitze“ quakte Friedolin und zeigte voller Freude endlich wieder seinen einmaligen und Wald bekannten Freudensprung der diesmal sogar ganz besonders gut gelang.

Aus Freude und Übermut versuchten alle Wald-Bewohner sowie natürlich auch die Märchen-Kinder, ebenfalls einen echten Friedolin- Freuden-Sprung zu vollführen.
Leider funktionierte es aber nicht bei allen und nun lagen nicht nur einige der klimperkleinen Zapfenwichtel auf dem Boden, nein, es gesellten sich auch noch etliche Waldtiere dazu und es herrschte ein großes lustiges Durcheinander.

Nachdem endlich alle wieder auf ihren Beinen standen, ergänzte der Märchen-Bär:
„Ich muss Euch allen jetzt ein kleines Geheimnis anvertrauen, das unsere Tannen-, Fichten- und Kiefern-Lichtung betrifft!

Die Märchen-Omi hatte sich schon lange Zeit bevor es die Lichtung gab, mit einigen Pflanzen und Tieren unterhalten und daraus auch schon einige Märchen gezaubert. Sie hat auch meine Geschichte, die ich Euch gerade vorgelesen habe, in ein Märchenkleid gesteckt und es mir zu meinem Geburtstag geschenkt.
Die Sehnsucht nach einem liebevollen und vertraulichen Miteinander hat uns also schon vor einigen Jahren tief bewegt.

Am Anfang sind wir uns daher erst einmal in unseren Träumen und Wünschen begegnet bis wir uns dann tatsächlich hier gefunden haben.
Das ist ein großes Wunder und wir wollen diesen Tag daher auch niemals vergessen und uns in jedem Jahr wieder zu Weihnachten hier treffen.
Seid Ihr einverstanden, macht Ihr alle mit, kommt Ihr im nächsten Winter wieder zu unserer Feier?"

„Na, das ist doch klar wie Froschteichwasser, da musst Du doch nicht so eine lange Geschichte draus machen. Du weißt doch, wie doll wir Teich- und Waldbewohner unsere Märchen-Kinder lieb gewonnen haben und dass wir uns ein Leben ohne sie überhaupt nicht mehr vorstellen können" quakte Friedolin gerührt.

„Genau, so ist es" nickten alle Pflanzen und Tiere und rückten noch näher mit den Menschen-Kindern zusammen, um gemeinsam noch einige märchenhafte Überraschungen zu erleben.
Der Märchenbär lächelte überglücklich und bemerkte dann, dass jetzt der liebe Mond etwas Wunderschönes zu berichten hätte und alle ihm zu Ehren erst einmal ein stimmungsvolles Lied singen sollten. Und sie begannen:

**Gold und Silber lieb ich sehr,
Schmuck und Edelsteine,
aber eins lieb ich noch mehr,
die Lichtung hier, die kleine!
Hier fühl ich mich ganz zu Haus,
hier leb ich so gerne,
ich lieb sie bei Sonnenschein
und im Glanz der Sterne!**

**Und das Gold, das lieb ich sehr,
das die Abendsonne
über mich millionenschwer
gießt voll Freud und Wonne.
Goldne Ähren grüßen mich
dick und reif sie schwellen
und der Goldfisch tummelt sich
in den Silberwellen!**

**Gold und Silber lieb ich sehr,
Sonne, Mond und Sterne!
Ja, das ganze Himmelsmeer
grüßt mich aus der Ferne!
Auch die Nacht, die Dunkelheit
schenkt mir tiefen Frieden
und zu jeder Jahreszeit
ist mir dies beschieden!**

Friedolins Weihnachtstraum

Es war einmal am frühen Morgen eines Tages kurz vor Weihnachten, an dem noch fast alle Tiere des Märchenwaldes in ihren behaglichen Schlaf-Behausungen lagen und selig von der kommenden Weihnachts-Feier träumten, als Frosch Friedolin auf dem Stamm-Sitz des Berliner Märchen-Bären hockte und gut gelaunt dachte:
‚Heute habe ich es geschafft!
Ich bin der erste in unserer kleinen Tannen-Lichtung, der putzmunter ist und habe daher auch alles im Blick!
Mir kann absolut nichts entgehen, was hier in den nächsten Stunden geschieht!
Wenn wir heute einigermaßen pünktlich mit der Weihnachts-Feier beginnen wollen, muss unser Märchen-Bär mit seinen Wald-Bewohnern schon recht bald beginnen, alles festlich herauszuputzen und weihnachtlich herzurichten.
Hoffentlich verschläft er nicht! Unsere fröhliche Schnee-Feier hat ja diesmal bis in die frühen Morgenstunden hinein gedauert. Es könnte daher also schon passieren, dass er die Zeit verpennt.

Das macht aber nichts, denn ich bin ja hier und werde dafür sorgen, dass alles funktioniert!
Der Weihnachts-Backofen läuft zum Glück schon auf Hochtouren und erwärmt die geheime kleine Tannen-Lichtung. Ich muss also nicht frieren!
Na ja, ich werde mir die Zeit schon vertreiben, bis die ersten Hilfskräfte endlich hier eintrudeln!'

„Wie wäre es denn mal mit uns“ hörte Friedolin plötzlich drei kleine zarte Stimmchen flüstern:
„Dürfen wir Dir die Zeit ein wenig verkürzen und mit Dir plaudern?
Wir können Dir auch später beim Verteilen der Weihnachts-Dingelchen helfen denn alles wurde ja bereits schon für jeden einzelnen in buntes Weihnachts-Papier gewickelt mit roten Schleifen verziert und in einen großen Schlitten gepackt.
Die rotzipfligen Zipfelmützen-Zwerge sowie die klimper-kleinen Zapfenwichtel, all die Waldvögel, die bei uns überwintern, die Häschen, Mäuschen, Rehe, Hirsche, na überhaupt jeder, der Zeit hatte, durfte sich übrigens beim Einpacken beteiligen.

Hast Du davon überhaupt nichts mitbekommen?“

„Natürlich nicht, ich hatte ja eigene Probleme!

Ich bin doch als einziger Märchen-Frosch für den Märchen-Teich verantwortlich und musste daher zur Feier alles tipp topp herrichten.
Aber wer seid Ihr, warum kenne ich Euch nicht?“

„Wir sind Minchen, Trinchen und Rosinchen, das einzige Drillingspärchen unter den rotzipfligen Zipfel-Mützen-Zwergen.
Wir dürfen Dir heute helfen und auch Deine Neugier ein wenig stillen, denn Du willst doch sicher eine Menge über die Geschenke wissen, die wir bereits verpackt haben, oder?“

„Na klar doch“ lachte Friedolin.
„Erzählt mir also, mit welchem Weihnachtspapier meins eingewickelt wurde, damit ich es sofort erkenne und dann auch als erstes an mich verteilen kann. Das ist sehr wichtig, denn in jedem Päckchen sind unterschiedlich viele Dingelchen verteilt, sie sind nämlich nicht alle gleich groß!“

„Das könnte Dir so passen, dass wir das verraten“ lächelte Trinchen.

„Aber sieh nur, die ersten Gäste sind bereits angekommen“ rief Rosinchen.

„Oliver und Ramona sitzen auf einem voll mit Geschenken beladenen Schlitten, der von zwei Jung-Hirschen mit kunstvoll weit verzweigten Geweihen hierher gezogen wurde.
Das rotbraune Fell wurde extra glänzend gebürstet und ein karfunkelrotes Geschirr, an dem silberne Glöckchen befestigt sind, verrät jedem sofort, wenn sie angetrabt kommen.
Zieh mal Deine Mütze von den Ohren herunter, dann kannst Du sie auch hören.
Es klingt beinahe so weihnachtlich, als ob unsere Sternenkinder fröhlich singen.
Da, jetzt erscheinen auch die ersten Zwerge mit leichteren Schlitten, auf denen winzige Häschen, Mäuschen und überhaupt alle kleinen Tiere sitzen, die mit ihren kurzen Beinen nicht durch den tiefen Schnee laufen können.“

„Aber was wollen die Dreikäsehochs schon hier?
Sie können doch noch nicht kräftig zupacken und sollten sich daher lieber noch ausschlafen.
Wenn mich nicht die Pflicht gerufen hätte, würde ich auch noch in meinem Wasser-Bett liegen und selig träumen“ quakte Friedolin.

„Aber die Kleinen helfen den Größeren doch!

Sie müssen überhaupt nichts tun, es genügt, wenn sie einfach nur dabei sind und sich über alles was wir machen, freuen“ erklärte Rosinchen.

„Sie lernen sogar eine Menge von uns, indem sie einfach nur zuschauen.
Genau so haben wir auch angefangen, als wir noch kleiner waren!
Schau mal in die Höhe, die kleinen Sternenkinder putzen ebenfalls schon ihre goldenen sowie silbernen Kleidchen damit sie heute Abend so hell strahlen wie noch nie zuvor!“

„Tatsächlich, und der dicke goldgelbe Vollmond lässt gerade seine Himmels-Leiter herunter, auf der jetzt kleine Zwerge nach oben klettern, um die goldigen Sternen-Kinder mit Weihnachts-Gebäck zu beschenken“ quakte Friedolin fassungslos.
„So etwas habe ich noch nie zuvor gesehen!
Ein Glück, dass ich gleich nach unserer Schnee-Feier in der Morgen-Dämmerung her gekommen bin, sonst hätte ich dies alles verpasst.“

„Ja, uns geht es genau so, wir hätten auch das Beste verschlafen und Dich nicht kennen gelernt“ seufzte das drollige Drillings-Pärchen.

Uuhui ertönte es plötzlich geheimnisvoll und ein dicker Uhu erschien mit einer beachtlichen Vogel-Schar, die unter seiner Leitung Schnüre von einer Tanne zur anderen befestigte. Einige Buntspechte klopften kleine Holznägel in die Bäume.
Die Fäden mussten nämlich fest sitzen damit sie das Gewicht der Gegenstände, die daran befestigt wurden, auch aushielten.

Oliver und Ramona waren inzwischen von ihrem Schlitten heruntergeklettert und verteilten eifrig Weihnachts-Brezel sowie Lebkuchen-Herzen und leuchtende Lampions, die nun von einigen schnell herbeigeeilten rotzipfligen Zipfelmützen-Zwergen an den Fäden befestigt wurden und leise im Wind hin und her schaukelten.
Jetzt begannen Oliver und Ramona sowie die Sternen-Kinder und Zwerge leise zu singen und auch die Singvögel, die sich auf den Tannen verteilt hatten, piepsten, tirilierten und summten mit den Mäuschen, Igeln, Häschen, Hamstern, Rehen, Füchsen, Dachsen, Maulwürfen sowie überhaupt allen großen und kleinen Wald-Tieren, die ebenfalls herbeigeeilt waren, weihnachtliche Melodien. Ein Singen und Klingen lag in der Luft, so dass es Friedolin ganz warm ums Herz wurde.

Die Lichterketten auf den Tannenbäumen, die von den Wichteln angebracht und zur Probe schon einmal angezündet wurden begannen nun sogar hell mit den Sternen um die Wette zu leuchten.
Dadurch wurde es in der kleinen Lichtung taghell.
Die Heinzelmännchen und ihre Helfer fegten noch hurtig den herunter gefallenen Schnee weg, bis der Erdboden sauber war und der Wind seinen berühmten durchsichtigen Regen- und Schnee-Schirm hoch über der kleinen Tannen-Lichtung fachgerecht aufspannen konnte.

Oliver und Ramona gaben an die klimperkleinen Zapfen-Wichtel und Hutzelmännchen Lampions aus, die an Stöcken befestigt waren und in allen Farben schillerten und leuchteten.
Sie liefen damit in der kleinen geheimnisvollen Tannen-Lichtung zur Probe schon einige Male rund herum - damit am Abend wenn alle Besucher eingetroffen waren - alles wie am Schnürchen ohne auch nur eine einzige Panne klappte.

Inzwischen waren einige neugierige Sternenkinder auf der Himmelsleiter herunter geklettert und hatten sich mit ihren leuchtenden Kleidchen unter die Wichtel gemischt. so dass es überall funkelte.

Es blitzte und glitzerte, dass es beinahe so aussah, als ob der Sternenhimmel auf die Erde gepurzelt war, um mit den Tieren des Waldes und den Menschen gemeinsam Weihnachten zu feiern.

Weihnachtsduft umhüllte die Tannenlichtung!
Einige Sternenkinder und Wichtel fütterten mit Kuchenkrümeln die kleinen Mäuschen, Würmer und Piepmätze und verteilten Lebkuchen sowie Marzipan an alle fleißigen Helfer.
Auch die Rehe, Hirsche, Füchse, Hasen und Igel langten kräftig zu und waren bester Laune.
Sie sangen, lachten und freuten sich, dass sie helfen durften und ihnen alles so gut glückte.

„Ja, die Vorbereitungen sind doch immer die größte Freude“ stöhnte Friedolin aus tiefstem Herzen. „Wer dabei nicht mitmacht, ist ein armer Wicht und bringt sich um die schönsten Stunden der ganzen Weihnachtsfeier!“

„So, so“ lachte plötzlich der Märchenbär.
„Schön, dass Du endlich aufwachst, Friedolin!
Ich habe Dich schon auf meinem Weg hierher laut schnarchen gehört, was mich natürlich sehr stark beunruhigt hat!

Ich dachte schon, dass hier statt frohem Singen und Klingen ein Schnarch-Konzert angesagt ist! Nun los, öffne Deine Augen und sieh mal, wen ich Dir mitgebracht habe."

„Na und, die kenne ich ja schon!
Das ist doch das drollige Drillings-Pärchen!
Mit Minchen, Trinchen und Rosinchen habe ich bereits Freundschaft geschlossen.
Außerdem weiß ich wirklich nicht, wer hier im Wald eine Schnarch-Nase sein soll.

Ich bin es ganz bestimmt nicht, das ist mal wieder so klar wie Froschteich-Wasser!"

Der Märchen-Bär schaute irritiert in die Runde und bemerkte verwundert:
„Sag mal Friedolin woher kennst Du eigentlich die Namen meiner drei drolligen rotzipfligen Zipfelmützen-Zwerginnen?
Ich habe sie doch gerade erst auf meinen Tatzen hierher getragen, Du kannst also noch gar nicht mit ihnen gesprochen haben.

Was ist hier los, was habt Ihr nur wieder ohne mich angestellt?"

„Oh Quark, jetzt hast Du alle vertrieben“ rief Friedolin entsetzt und rieb sich die Augen.
„Die Sternenkinder, die Zwerge, die Vögel, die Wald-Bewohner, Oliver und Ramona, alle sind auf einmal verschwunden.
Du hast sie verscheucht Märchen-Bär, wir haben hier doch alles gerade gemeinsam geschmückt, es war traumhaft schön!
Sogar der Mond hat seine Himmels-Leiter wieder eingezogen und ist mit seinen Sternenkindern auf und davon!
Warum hast Du das nur getan?“

„Ja, ich verstehe“ brummte der Märchen-Bär.
„Du hast geträumt und ich habe Dich aus Deinen wundervollen Weihnachts-Phantasien geweckt.
Aber trotzdem weiß ich immer noch nicht, woher Du die Namen meiner drei kleinen Mädels kennst, die Dir unbedingt helfen wollen!“

„Das kann ich Dir auch nicht verraten“ schmollte Friedolin ein wenig beleidigt.
„Ich weiß nur, dass Du jetzt irgendwie hier alles durcheinander gebracht hast.
Außerdem muss ich aber erstmal richtig stellen, dass ich weder geschnarcht noch geträumt habe.

Sieh nur, die Sternenkinder haben sich zwar mit dem Mond schnell verdrückt, auch die Waldtiere, kleinen Zwerge und die lustige Vogelschar, aber der Schlitten mit den Geschenken steht noch dort hinten und Oliver und Ramona sitzen hoch oben auf dem Wagen, vor den zwei rotbraune Hirsche gespannt sind. Auch etliche Schnüre mit Gebäck und Lampions sind von Zweig zu Zweig gespannt. Einige kleine Piepmätze und Mäuschen futtern gerade die letzten Kuchen-Krümel weg.

Sag, wie kannst Du Dir das erklären, habe ich das etwa ebenfalls alles nur geträumt?“

„Das weiß ich auch nicht“ stotterte der Märchen-Bär ein wenig hilflos.
„Vielleicht träume ich ja ebenfalls, wer weiß?
Hier waren nämlich tatsächlich schon fleißige Hände bei der Arbeit, das sehe ich jetzt auch!

Das ist bisher noch nie vorgekommen, denn Du warst doch immer der einzig Neugierige, der früher als erwartet, hier eintrudelte!
Heute hat sich aber schon der halbe Wald auf den Weg gemacht und alles aufgeräumt sowie prächtig ausgeschmückt.

Sogar der Wind hat sein Regen- und Schneedach über die Lichtung gespannt und der Weihnachts-Backofen ist auch schon in Betrieb.
Was soll ich dazu nur sagen, mir fehlen einfach die Worte!
Das ist ein echtes Weihnachts-Wunder!“

„Diese Überraschung haben wir uns ausgedacht und das machen wir bestimmt noch recht oft!
Wir wussten bisher ja nicht, wie viel Spaß die Vorbereitungen machen“ riefen die Wichtel und Zwerge im Chor und kamen eilig hinter den Tannen hervor wo sie sich versteckt hatten.
„Friedolin hat zwar ab und zu leise vor sich hin geschnarcht, aber meistens doch selig und sehr glücklich gelächelt, wir konnten ihn daher einfach nicht aufwecken. Er hat später ja auch noch genug zu tun“ erklärten sie eifrig dem Märchen-Bären, der noch immer recht verdutzt und irritiert drein schaute, denn was er hier sah, konnte er kaum glauben, aber es war kein Traum sondern die reine Wahrheit.

Jetzt kamen auch Oliver und Ramona herbei geeilt und begrüßten den Märchen-Bären stürmisch.

Sie zeigten ihm stolz die vielen Päckchen, die sie bereits unter den Tannen ausgebreitet hatten.
„Das machen wir zu Hause auch so“ erklärten sie.
„Die Geschenke liegen so lange eingepackt unter dem Weihnachtsbaum bis die Kerzen brennen, wir einige Weihnachtslieder gesungen haben und das silberne Weihnachts-Glöckchen geläutet hat.
Erst dann werden sie geöffnet!“

„Oooch wie schade“ quakte Friedolin traurig.
„Ich wollte doch mit meinen neuen Freundinnen Minchen, Trinchen und Rosinchen alle Geschenke verteilen! Jetzt habt Ihr uns den Spaß verdorben!“

„Nein, überhaupt nicht“ lachte Oliver.
„Das sind doch wirklich viel zu viele Päckchen, da müssen alle schon ein wenig helfen.
Außerdem gibt noch genug für Euch zu tun, Ihr werdet auf keinen Fall arbeitslos sein!“

„Zur Not kann ich ja die Geschenke hoch wirbeln und einfach vom Himmel wieder herunter regnen lassen“ hechelte der Winter-Wind.
„Das würde mir übrigens riesigen Spaß bereiten und es würde die Weihnachtsfeier außerdem auch noch so richtig in Schwung bringen.

Überlegt es Euch, ich bin sofort dabei!“

„Das glaube ich gerne“ lächelte der Märchen-Bär. „Wir wollen aber doch lieber ruhig und besonnen bleiben, sonst verletzen sich noch einige Gäste und das ist bestimmt nicht der Sinn unserer Feier. Außerdem wollen wir Märchen und Geschichten hören und nicht den Päckchen hinterher jagen.

Nein, so läuft das heute leider nicht!
Aber Du bekommst trotzdem genug zu tun, denn Du musst unsere kleinen Wichtel einsammeln, um sie sicher auf den Wolken-Wellen mit Deinem Wind-Schiff hierher zu befördern.
Du hast es ihnen fest versprochen und sie freuen sich schon sehr auf den kleinen Ausflug, denn sie haben sich doch von Dir die Reise durch die Winter-Wolken als ganz besonderes Weihnachts-Geschenk gewünscht!“

„Na klar, das habe ich natürlich nicht vergessen!
Trotzdem könnte ich mir gut vorstellen, ...“

„Nichts da, Du hast doch gehört, dass Dein äußerst windiges Angebot heute überhaupt nicht erwünscht ist“ belehrte Friedolin.

„Pass lieber auf die Schnee-Wolken auf, dass sie sich nicht noch einmal entleeren und uns wieder mit Schnee zuschütten. Wir haben nämlich alles gefegt und sind mit der weißen Masse reichlich versorgt, wir benötigen keinen Nachschub!
Auch die Wege sind inzwischen festgetreten und dürfen nicht wieder zuschneien."

„Natürlich Herr Friedolin" hüstelte der Wind und machte sich schnellstens aus dem Staube.

„Nachdem wir alles Nötige besprochen haben, könntet Ihr mir jetzt ein wenig helfen, ich habe nämlich einige Geschenke mitgebracht, die noch etwas bearbeitet werden müssen" wandte sich nun der Märchenbär bittend an Frosch Friedolin und das Drillings-Pärchen.

„Aber klar doch, das machen wir gerne, darum sind wir ja auch extra früher als die anderen hier erschienen, denn irgendetwas sehr Spannendes geschieht immer, das ist doch froschteichklar" quakte Friedolin und während Minchen, Trinchen und Rosinchen noch zustimmend mit ihren Köpfchen nickten, kam der Wind schon wieder mit großem Getöse und Gebraus um die Ecke.

Er stellte triumphierend einen Tannen-Baum in die Mitte der kleinen Lichtung und wartete nun auf einen kräftigen Beifall von allen Anwesenden.

Das Drillingspärchen schaute ihn aber nur völlig verstört an und rief aufgeregt:
„Du hast doch nicht etwa einen wunderschönen, lebendigen Tannenbaum ausgerupft?

Darüber wären wir wirklich sehr traurig!
Wo ist denn nur die Weihnachts-Tannen-Königin, die auf die kleinen Tannen-Kinder aufpasst und sie beschützt?
Sie ist ganz sicher über Deinen Streich sehr entsetzt und bestürzt!“

„Hier bin ich“ erklang eine glockenhelle Stimme und die Tannenkönigin mit ihrem tannen-grünen Weihnachtskleid, das mit einer schneeweißen Spitze verziert war, löste sich mitten aus den kleinen Tannen, die rund herum um die geheime Tannen-Lichtung standen.
Mit ihrem zarten Schneeflocken-Kopfschmuck hatte sie niemand zwischen den mit Schnee geschmückten Tannen entdeckt, obwohl sie dort schon eine Weile geduldig gewartet hatte.

Sie hatte nämlich den Wind beobachtet, wie er die kleine Tanne behutsam aus der Erde gelöst hatte. Dabei war ihr aber sofort klar geworden, dass es der künstliche Weihnachtsbaum sein musste, den Oliver im letzten Jahr zwischen die echten Tannen gestellt hatte. Trotzdem war sie recht neugierig geworden, was er nun wohl unternehmen würde und ihm eilig gefolgt.
Alle atmeten erleichtert auf, als sie die wunderschöne Tannenkönigin erblickten, denn nun würde sich bestimmt alles aufklären.
Die Beschützerin der Tannen schaute aber nur zum Märchenbären und wartete gespannt darauf was er wohl verkünden würde, denn der Jute-Sack voller Geschenke, den er mitgebracht hatte, interessierte sie mächtig.

Der Märchen-Bär räusperte sich aber erst einmal ausgiebig, schaute dann fröhlich in die Runde und bemerkte belustigt:

„Na, da habt Ihr wohl alle zusammen mit Euren Vermutungen ziemlich falsch gelegen, was?
Unser Brausewind stellt zwar so einigen Unsinn an, aber einem Weihnachts-Tannenkind würde er doch niemals ein Leid zufügen.

Diesen täuschend echt aussehenden Tannenbaum hat er natürlich für mich geholt.
Ich werde ihn jetzt schmücken und Friedolin darf mir mit seinen drei Zipfelmützen-Gehilfinnen dabei behilflich sein.“

„Und womit in aller Welt sollen wir das kleine Bäumchen weihnachtlich herausputzen“ quakte Friedolin belustigt.
„Ich kann weit und breit keinen Weihnachts-Schmuck entdecken und die Kerzen sind auch bereits alle verbraucht.
Sollen wir wieder einige aus den Lampions herausnehmen?“

„Nein, wir hängen diesmal einige Geschenke für unsere Märchen-Kinder an die Zweige.
Ich habe sie nämlich nicht in buntes Weihnachts-Papier eingewickelt sondern lasse sie jetzt von Euch am Bäumchen befestigen.
Ihr werdet sehen, dass sie dort keiner vermutet und sie daher erst einmal eine Weile unentdeckt bleiben. Das ist diesmal mein ganz besonderes Versteck!
Also, dann will ich Euch mal erlösen und Euch meine Präsente zeigen“ brummte er.

„Seht her und staunt!
Und dann schüttelte er viele lustig angezogene kleine Bären-Figuren aus weichem Plüsch auf den Waldboden.
„Das sind liebevolle kleine Glücksbringer, die jedes Märchen-Kind von mir geschenkt bekommt!
Die Zwergen Werkstatt hat noch ganz fix diese klitzekleinen Stoffbären für mich gebastelt.
Sie passen genau in eine Kinderhand und können daher leicht überall hin mitgenommen werden.
Friedolin hat im Sommer ja bereits kleine Frösche als Andenken verteilt und damit eine riesengroße Freude ausgelöst.
Ich hoffe daher, dass mir das heute ebenfalls gelingt. Also, ran an die Arbeit!

Anschließend hole ich dann all unsere Backwaren und Getränke, denn irgendwie habe ich so ein Gefühl, dass wir uns beeilen müssen!
Was meint Ihr, schaffen wir alles noch rechtzeitig bis zum Eintreffen der ersten Gäste?“

„Aber klar doch, das packen wir“ rief Friedolin siegessicher und wagte sofort seinen Freuden-Sprung bis zur Spitze des kleinen Tannenbaumes um dort das erste Stoff-Bärchen zu befestigen.

Es gelang ihm aber doch nicht so gut wie er es sich gedacht hatte und plumpste daher wieder mit seinem Stoffbärchen auf den Waldboden.

Der Wind hob Friedolin natürlich sofort liebevoll auf und setzte ihn mit Trinchen auf seine Wind-Hand. Dann beförderte er beide sicher an die Tannen-Spitze, wo sie nun gemeinsam die kleinen Stoff-Tierchen ganz leicht befestigen konnten.
Minchen und Rosinchen versorgten die unteren Äste und schnell wie der Wind baumelten alle Figuren an den Zweigen.

„Und, was machen wir nun bis die ersten Gäste eintreffen“ fragten alle neugierig und schauten den Bären erwartungsvoll und gespannt an.
„Ich genehmige mir noch ein kleines Nickerchen“ lächelte der Wind spitzbübisch und war schnell wie der Wind um die Ecke verschwunden.

Der Märchen-Bär schaute sich noch einmal um und meinte dann: „Ich glaube, wir legen uns ebenfalls alle noch einmal aufs Ohr denn hier gibt es im Moment nichts mehr zu tun. Alle waren so außerordentlich fleißig, dass wir uns mit ruhigem Gewissen eine Mütze voll Schlaf gönnen können.

Auch Oliver und Ramona, die sich schon ein wenig auf dem Schlitten ausgeruht hatten und von der Weihnachtsbaum-Aktion nichts mitbekommen hatten, schauen recht müde aus und wollten sich vor der Feier auch noch ein wenig ausruhen!

„Hier ist ja alles gut vorbereitet, wir sehen uns also am Nachmittag wieder“ meinten sie und alle stimmten ihnen fröhlich zu und entschwanden so schnell in alle vier Himmels-Richtungen dass der Bär ihnen kaum mit seinen Augen folgen konnte.

Oliver und Ramona
und die Botschaft vom Weihnachtsmann

Es war einmal ein kalter, frostiger Tag in einem ganz frischen, neuen Jahr, das gerade erst ein paar Tage alt war!

Oliver sprang aufgeregt von seinem Stuhl, lief zu den blank geputzten Fenster-Scheiben im Wohn-Zimmer, drückte sich daran die Nase platt und benahm sich so aufgedreht, als ob sich draußen etwas sehr Ungewöhnliches und Beeindruckendes ereignen würde.

Oliver hatte aber auch tatsächlich allen Grund, ungläubig in den Himmel zu schauen, denn was er dort zu sehen bekam, war kaum zu glauben!
Frau Holle schüttelte doch tatsächlich ihre Betten aus und die weißen, federleichten Schneeflocken schwebten fröhlich tanzend am Fenster vorbei, setzten sich auf die Dächer der Häuser, der parkenden Autos, die Köpfe der vorbci eilenden Menschen und einfach überall dort hin, wo sie einen passenden Platz zum Ausruhen fanden.

Das war wirklich unfassbar, denn Oliver, Ramona und ihre Schulfreunde hatten in diesem Jahr auf ihre Wunschzettel folgenden Zusatz geschrieben:

„Hallo, lieber Weihnachtsmann!
Wir wünschen uns in diesem Jahr Schnee,
sogar sehr viel Schnee!
Zu unserer Weihnachtsfeier in der Schule
benötigen wir für eine zünftige Schneeball-
Schlacht nämlich so viel Schnee
wie nur irgendwie möglich.
Das ist unser größter, sehnlichster, zusätzlicher
Weihnachts-Wunsch!“

Aber nichts war geschehen!

Zur Weihnachtsfeier und auch an allen drei Festtagen verirrte sich nicht eine einzige Schnee-Flocke an den Ort wo ihre Schule stand.

Alles blieb leer und kahl und sehnte sich doch so sehr nach dem festlichen Winterkleid, das genau so zum Weihnachtsfest gehörte wie der leckere Weihnachtsstollen, der Tannenbaum, die vielen geheimnisvoll eingepackten Geschenke und die bunt geschmückten Fensterscheiben.

Olivers Mutter hatte fleißig eingekauft und sich mit dicken, unförmigen Paketen abgeschleppt, Oliver und Ramona bastelten Sterne aus Gold-Papier und Stroh für den Tannenbaum und halfen sogar beim Backen leckerer Plätzchen für die Weihnachtsfeier.
Alles war aber umsonst gewesen!
Der Weihnachtsmann, Frau Holle, das Christkind oder wer auch immer für das weiße Weihnachts-Kleid zuständig war, hatte den größten Wunsch von Oliver und Ramona nicht erfüllt.

Allerdings heute, nachdem das Weihnachtsfest endgültig vorbei war, schneite es wie verrückt!

Es sah fast so aus, als ob die Schneeflocken ein schlechtes Gewissen hatten, denn sie kamen dicht gedrängelt und eilig vom Himmel gestürzt.
Es wurde sogar mitten am Tag so dunkel dass einige Straßenlaternen von selbst angingen weil sie dachten es wäre schon Abend geworden.

Was sollten Oliver und Ramona nur von dieser verspäteten Weihnachts-Überraschung halten?
Das Fest war vorbei, daran konnte keiner mehr etwas ändern!

Die weiße Pracht kam zu spät, viel zu spät!
Oliver und Ramona kullerten ein paar Tränen über die Wangen, so traurig waren sie darüber, dass die Schneeflocken dieses Weihnachtsfest verschlafen hatten und jetzt erst an die Scheiben klopften.
Aber konnten Schneeflocken überhaupt klopfen?
Sie waren doch eigentlich viel zu zart und leicht und fielen geräuschlos vom Himmelszelt.
Wer also um Himmels willen verursachte diese eigenartigen Klopfgeräusche?

Da, an der Fensterscheibe erschien eine Gestalt!

Zuerst sah es nur so aus, als ob sich ganz viele kleine Schneeflocken an den Händen hielten und weiße, wunderschöne lange Locken formten, die ein Gesicht umrahmten.
Dann aber erkannten Oliver und Ramona auch noch einen langen Bart, dichte Augenbrauen und eine rote Zipfelmütze, die am Ende mit einer kleinen goldenen Glocke verziert war.
Zwei gütige blaue Augen, die durch vergoldete Brillengläser funkelten, schauten zum Fenster herein und eine Hand, die zu einem Arm gehörte, der in einer roten Samtjacke steckte, klopfte an die Fensterscheibe.

Oliver und Ramona hatten sich also doch nicht getäuscht und auch nicht mit offenen Augen geträumt! Der Weihnachtsmann stand tatsächlich vor der Fensterscheibe und hatte einen dicken Jute-Sack voller Geschenke auf dem Rücken.
Ein goldenes Hemd blitzte unter seiner roten Jacke hervor und seine rote, flauschige Hose steckte in dicken, braunen Winterstiefeln.
Was hatte das nur zu bedeuten?

Diese wunderlichen Ereignisse konnte sich Oliver und Ramona nun überhaupt nicht erklären.

Der Weihnachtsmann kam jetzt aber tatsächlich zur Balkon-Tür hereinspaziert und klopfte sich den Schnee von der Jacke. Dann setzte er sich auf einen Stuhl, der im Zimmer stand und meinte lachend:
„Ja, da staunt Ihr, dass ich meinen persönlichen Besuch in diesem Jahr erst nach dem Weihnachts-Fest bei Euch mache, was?
Meine Verspätung hat aber einen Grund, denn in diesem Jahr hatten sich so viele Menschen als Weihnachtsmann verkleidet, dass wirklich keiner mehr an dem echten und wahren Weihnachts-Mann interessiert war.

In jedem Kaufhaus, auf den Weihnachtsmärkten und auf den Straßen liefen Duplikate von mir herum und verteilten freigiebig Geschenke!
Als ich das gesehen hatte, bin ich natürlich ganz traurig wieder zurück in den Wald geschlichen, denn es gab mich ja schon überall, ich war völlig überflüssig geworden.

Heute aber, als die Schneeflocken auf meine Nase fielen und erzählten, dass sie in diesem Jahr auch keine Lust hatten, zum Weihnachtsfest auf die Erde zu schweben, weil die Menschen inzwischen auch künstlichen Schnee herstellten und sie nicht mehr vermissten, traute ich mich, ihnen meine Sorgen ebenfalls anzuvertrauen.
Wir trösteten uns gegenseitig und beschlossen, trotzdem noch einmal unser Glück zu versuchen und einige Kinder zu fragen, ob sie den echten Weihnachtsmann sowie den himmlischen Schnee vermisst hatten oder ob sie auf die Täuschungen der Erwachsenen hereingefallen waren.

Für mich ist das besonders wichtig, denn ich habe beschlossen, mich im neuen Jahr nach einem anderen Beruf umzusehen wenn ich den Kindern tatsächlich unwichtig geworden bin.

Meine Gehilfen, die fleißigen Wichtel sowie alle Wald-Zwerge muss ich dann allerdings entlassen und kann nur noch meine Uniform, die bekannte rote Jacke, Hose und Mütze sowie die Lederstiefel als Andenken behalten.
Und dann habe ich Euch entdeckt!
Ihr tragt sogar das Weihnachtsmann-Kostüm, das noch von Eurer Weihnachtsaufführung stammt und Eure Augen strahlten so glücklich über die vom Himmel fallenden Schneeflocken, dass ich mich traute, an die Scheibe zu klopften und zu fragen, ob Ihr meine Meinung ändern könnt und im neuen Jahr meine ersten, neuen menschlichen Gehilfen und Weihnachts-Wichtel sein wollt.

Die großen Menschen, die sich ja „Erwachsene" nennen, benötigen jetzt dringend Hilfe.
Ihre Wünsche und Vorstellungen sind nämlich sehr durcheinander geraten und sie haben völlig vergessen, einmal die Kinder zu fragen, ob diese mit all ihren neuen Erfindungen auch wirklich glücklich und zufrieden sind.
Wollt Ihr mir helfen, dies heraus zu finden?"

Oliver und Ramona brachten vor Staunen und Schreck keinen einzigen Ton hervor.

Der Weihnachtsmann konnte an ihren Augen aber das unausgesprochene „JA“ ablesen.
Er begann daher, ausführlich von seinem neuen Arbeitsplan zu berichten:

„Also“ begann er:

**„Zu allererst muss ich natürlich
eine völlig neue Arbeitszeit einführen,
denn nur drei Weihnachts-Tage im Jahr
sind mir viel zu wenig!
Ich muss jeden Tag beschäftigt sein,
sonst werde ich aus Langeweile krank
sowie arbeitsunfähig und so etwas
darf auf keinen Fall geschehen!**

**Alle Menschen
benötigen nämlich an jedem Tag
mindestens ein aufmunterndes,
verständnisvolles und verzeihendes Wort,
einen liebevollen Blick, eine zärtliche Geste,
ein fröhliches Lachen und ein glückliches,
warmes Gefühl im Herzen!
Das sind die Gaben, für die ich zuständig bin,
aber in all‘ den vielen, vielen Jahren ist das
immer mehr in Vergessenheit geraten!**

**Die Menschen verschenken als Ersatz
sehr eigene und sonderbare Dinge,
von denen sie sich Glück und Zufriedenheit
versprechen!**

**Wollen wir gemeinsam an die Arbeit gehen
und jeden Tag - wie beim Advents-Kalender -
eine Tür zum Herzen eines Lebewesens öffnen?**

**Wenn Ihr also jeden Tag einen Menschen,
ein Tier oder eine Pflanze lieb anschaut
oder sogar ein wenig streichelt,
wird auch bei Euch
ein warmes und tröstendes Gefühl
im Herzen erwachen
und der Tag wird so schön und erfüllt sein,
wie ein Weihnachtstag im Dezember!**

**Das ist doch nicht schwer,
denn ein liebes Wort oder ein Lächeln
werdet Ihr doch an jedem Tag
einmal hervor zaubern können, oder?**

**Wenn Ihr das schafft,
haben alle Menschen, die Ihr berührt,
die Chance, es auch zu versuchen!**

Wenn sie es dann ebenfalls können,
dürfen sie mit Euch gemeinsam
auch wieder an jedem Tag im Jahr
Weihnachten feiern,
so, wie es ursprünglich einmal gedacht war!

Und dieses Geschenk
kostet nicht einmal einen einzigen Cent!

Überlegt Euch meinen Vorschlag
und wenn Ihr einverstanden seid,
dann hängt einfach eine rote Zipfelmütze
in das Fenster!
Dann weiß ich, dass Ihr meine Freunde
und Gehilfen sein wollt!"

Nach diesen Worten, die Oliver und Ramona ganz tief in ihren Herzen berührten mussten beide eine Weile überlegen, ob sie die gewaltige Aufgabe wohl erfüllen konnten.
Doch in dem Moment, als sie dem Weihnachts-Mann ihre endgültige Zustimmung geben wollten, hatte sich dieser bereits wieder ganz leise und unbemerkt hinaus geschlichen und war zwischen den federleichten, weißen, tanzenden Schnee-Flöckchen verschwunden.

Auf dem Fußboden aber lag ein großer, weißer Zettel mit folgenden Worten:

„Hallo Oliver und Ramona,
überlegt Euch alles noch einmal in Ruhe!

Ich komme wieder,
wenn ich Eure roten Zipfelmützen
im Fenster leuchten sehe!

Dann beginnen wir sofort
mit unserer Arbeit,
damit es bald jeden Tag
für alle Menschen, Tiere und Pflanzen
Weihnachten werden kann!

Ich wünsche mir jedenfalls
von ganzem Herzen, dass dieser Wunsch
recht bald in Erfüllung geht!

Ihr auch?

Natürlich können auch Kinder
und jung gebliebene Erwachsene
in allen Städten, Dörfern und Ländern
auf der ganzen Welt mitmachen!

Das Zeichen kennen ja jetzt alle!

Ich werde bestimmt
keine rote Zipfelmütze
auf meiner weiten Reise um die Welt
übersehen!

Euer im Moment noch
arbeitsloser Weihnachtsmann,
der aber ganz fest daran glaubt,
dass er bald wieder durch Eure Hilfe
eine lohnende Arbeit
auf Erden finden wird!“

Es war einmal:

Irmgard Edith Müller wurde am 7. Mai 1934 in Elbing/Westpreußen - einer bedeutenden Hanse-Hafenstadt - geboren die auch seit Anfang des neunzehnten Jahrhunderts:

„Das Kunst-Historische Schmuck-Kästchen"

genannt wurde.

Ihre Kindheit verlebte sie in Stettin, ebenfalls einer ehrwürdige Hanse-Hafenstadt, die als

„Das Paris des Ostens"

bekannt wurde und die Lieblingsstadt von Kaiser-Wilhelm war.

Seit langem florierte zwischen Berlin und Stettin Bahn- u. Schiffsverkehr so dass Stettin allgemein als „Vorort von Berlin" betrachtet wurde. Da ein Teil der nahen Verwandtschaft in Berlin wohnte, besuchte sie bereits als Kind oft die Hauptstadt, die sie ebenfalls als zweite Heimat ansah sowie auch den Ferienort Poberow am Ostsee-Strand wo ihre Familie ein kleines Ferienhaus besaß.

Sie verbrachte einen Teil ihrer Schulzeit in Stettin sowie durch den Krieg bedingt, ebenfalls in Horst Seebad, Treptow an der Rega sowie auch in Blankenburg im Harz.

Hier zeigte sich in Form von kleinen Gedichten und phantasievollen Aufsätzen bereits schon ihr schriftstellerisches märchenhaftes Talent.
Dem Schulabschluss in der Sophienschule, einem Mädchen-Gymnasium in Hannover, wohin sie das Schicksal nach einer aufregenden Flucht wehte, folgte in einer Hauswirtschaftlichen sowie in der Privaten kaufmännische Berufsschule Buhmann je eine einjährige Ausbildung.
Nachfolgend dann eine Beschäftigung als Steno-Kontoristin, Bundesbahngehilfin der Deutschen Reichsbahn sowie kaufmännische Angestellte und Sekretärin bei der Arminiuswerft Hannover und einer größeren, bekannten Baufirma .

1958 heiratete sie in Hannover und verlegte 1959 ihren Wohnsitz in ein eigenes Reihen-Haus einer Neubausiedlung in Engelbostel, einem äußerst liebenswerten, historischen sowie romantischen kleinen Vorort von Hannover.

Bis 1965, der Geburt ihres Sohnes Oliver in Hannover war sie weiterhin beruflich tätig.
Danach machte sie sich mit einem eigenen kleinen Kunstgewerbe- Mode- sowie Secondhand-Laden in ihrem eigenen Haus selbständig.

1974 zog die Familie aus beruflichen Gründen nach Peine, einer Kleinstadt in Niedersachsen. Dort engagierte sie sich ehrenamtlich im frisch gegründeten Kinderschutzbund. Auf dem eigenen Grundstück richtete sie unter anderem auch gut besuchte Flohmärkte aus um sich mit besonders preisgünstigen Geschenken für die zu betreuenden Familien einzudecken.
Außerdem arbeitete sie 3 Jahre lang halbtags in einer Filiale des Bertelsmann-Verlages.
Anschließend eröffnete sie im eigenen Haus einen kleinen Buchladen mit vorwiegend Lebenshilfe-Büchern sowie auch zahlreichen Artikeln aus der Dritten Welt.
Außerdem begann sie, ihre ersten Märchen zu schreiben, zu denen ihr Sohn Oliver zahlreiche passende Märchen-Bilder zeichnete.

1985 lernte sie Kurt Müller kennen, ließ sich scheiden, heiratete ihn und begann gemeinsam mit ihm ein völlig neues erfülltes und glückliches Leben! Nun wurden alle Märchen von Kurt mit eigenen Liedern zur Gitarre bereichert.
Gemeinsam übernahmen sie „Rosis Teeladen“, den sie recht bald über die Grenzen ihrer neuen Heimat bekannt machten.

Sie verwandelten das über dem Teeladen liegende große Wohnzimmer in eine sehr romantische Märchenstube und servierten dort jeden Sonntag bei Kerzen-Schein, Tee sowie Gebäck eigene Märchen mit den dazu passenden Liedern!
Die regionale und überregionale Presse (dpa) sowie diverse Rundfunksender ließen sich diese zauberhafte Atmosphäre nicht entgehen und berichteten voller Interesse immer wieder gerne und detailliert. Der Bürgermeister der kleinen Stadt sowie auch Besucher von Nah und Fern und sogar das Fernsehen konnten den zahlreichen Verlockungen ebenfalls nicht widerstehen.
Sie ließen sich recht gerne zu mitternächtlichen Märchen-Stunden sowie Heimat-Nachmittagen im Städtischen Theater einladen die ebenfalls nach eigener Regie regelmäßig angeboten und von Rundfunk und Presse unterstützt wurden.

Der Fernsehsender SAT1 übertrug Auszüge einer bunten Märchenstunde, mehrere Talk-Shows interessierten sich für das Müller-Duo und sogar der Kasseler Weihnachtsmarkt, der zur Deutschen Märchenstraße gehört, ließ sich von den neuen deutschen Müller-Märchen sowie auch Liedern zur Weihnachtszeit verzaubern.

Als „Singende Märchenerzähler“ bereisten sie den norddeutschen Raum, besuchten viele Vorschul-Kindergärten, Schulen, Eltern-Initiativen sowie kleinere und größere Veranstaltungen wie unter anderem auch im Kuppelsaal Hannover.

Die Märchenstube ging ebenfalls einmal kurz auf Reisen und lud vom Herbst 1992 bis Sommer 1993 im damaligen Ihme-Einkaufs-Zentrum in Hannover in einem märchenhaft ausgestatteten Raum zu regelmäßigen Märchenstunden ein die ebenfalls von einigen Hannoverschen Zeitungen ausführlich vorgestellt wurden.

Im Jahr 2002 erhielt das Märchen-Müller-Duo ein Angebot von Sohn Oliver, ihr Domizil in die Hauptstadt Berlin zu verlegen, das natürlich mit Freuden angenommen wurde.
Nun wollten sich die Müllers auf einen recht geruhsamen Lebens-Abend in Berlin vorbereiten.

Daraus wurde aber zum Glück nichts denn Berlin war so aufregend und inspirierend dass sie nach kurzer Zeit wieder neue Märchen und Melodien schrieben sowie die alten ein wenig entstaubten und auffrischten.

Das Müller-Märchen-Duo stellte ihre Oster- sowie Weihnachts-Märchen ebenfalls mit viel Erfolg im Heimat-Museum Wilmersdorf-Charlottenburg vor und so war es ganz selbstverständlich dass sich zu den neuen „Berliner Märchen“ nun auch völlig neue Märchen-Figuren gesellten und ihren Platz in der Berliner Müller-Märchen-Stube einnahmen.
Alle Märchen-Figuren bekamen passend zu dem Märchenbild, das sie darstellten, eine äußerst romantische märchenhafte Kleidung, die extra hergestellt wurde und so verwandelte sich das Wohnzimmer sehr schnell in eine sehenswerte Müller-Märchen-Stube, in der es über fünfzig Märchen-Figuren sowie viele Accessoires zu den eigenen Märchen zu sehen und bestaunen gibt.

Der amtierende Regierende Bürgermeister von Berlin - Klaus Wowereit – begleitete von Anfang an mit Wohlwollen die „Müller-Märchen“ und ließ sich sogar zum Schirmherren sowie Schutz-Patron der Märchen-Waldtiere küren.
Zum 24. Geburtstag besuchte er persönlich die Müller-Märchenstube ließ sich mit Gebäck Tee sowie romantischen humorvollen und echten Müller-Märchen liebevoll verwöhnen und wurde gut Freund mit allen Märchen-Figuren.

Zum Dank an den märchenhaften Besuch wurde ihm sogar ein eigenes Märchen gewidmet. Außerdem begeht die Müller-Märchenstube ihm zu Ehren in jedem Jahr am 23. Oktober festlich einen märchenhaften „Wowi-Gedenktag“!

Auch der Altkanzler Dr. Helmut Kohl, der uns leider am 16. Juni 2017 für immer verlassen hat begleitete die Müller Märchen von Anfang an voll Interesse Güte und Verständnis.

Aus der „Reimschmiede“ des Kanzlers Dr. Helmut Kohl kam als Geschenk und Anerkennung für die Müller-Märchen sogar folgendes Gedicht:

Der Kanzler dankt für Ihre Zeilen
aus Poesie und Märchenwelt
und hofft, dass Ihre Sicht der Dinge
den Menschen weiterhin gefällt!
Ein Kinderlachen sei zum Lohn
der Dichterin stets höchstes Gut,
drum gebe stets der Muse-Laune
auch Ihrer Kunst das richt’ge Lot!

Außerdem entstand ein interessanter Briefwechsel zwischen dem Altkanzler und der Märchen-Omi.

Er wünschte ihr für die schriftstellerische Arbeit in der neuen Heimat Berlin im Jahre 2002 ganz persönlich Glück Erfolg und Gottes Segen!
Altkanzler Dr. Helmut Kohl war ein aufrichtiger Märchenfreund der Müller-Märchen und wird daher auch für immer im Herzen des Müller-Duos weiterleben.

Die Märchen-Omi Irmgard Müller wird auch künftig fleißig weiter Märchen schreiben, denn alle Märchen auf der Welt sind eine wundervolle Hilfe für Groß und Klein, indem sie Pflanzen, Tiere, Gestirne und Gegenstände in Wort und Ton als Symbole lebendig werden lassen.
Viele Ereignisse, die uns im täglichen Leben begegnen können wir viel besser verarbeiten und verstehen wenn sie uns in einem Märchen voller Wunder begegnen.
Dort können nämlich Tiere und Pflanzen sprechen und uns ihre Sorgen und Nöte anvertrauen.
Auch dürfen wir mit ihnen recht fröhliche und glückliche Stunden verleben, voneinander lernen und uns in einer Symbol-Sprache verständigen, die ganz tief in unseren Herzen als Ursprache aller Lebewesen verborgen ist.

Inhaltsverzeichnis

Außerdem sind erschienen:

Die Märchen-Omi erzählt:
Friedolin, der fröhliche Märchenfrosch
ISBN 978-3-930768-61-5

Oliver der liebevolle Märchen-Wichtel
ISBN 978-3-930768-62-2

Oliver der bezaubernde Märchen-Prinz
ISBN 978-3-930768-63-9

Geburtstagsfeier mit Ramona und Oliver
ISBN 978-3-930768-64-6

BERLIN Du bist ne Wundertüte,
ne ganz besonders dufte Blüte!
ISBN 978-3-930768-65-3

BERLIN Du Stadt mit Chislaweng,
Gemütlichkeit, Radau und Peng!
ISBN 978-3-930768-66-0

Gefühlswallungen im Märchenland
ISBN 978-3-930768-67-7